KB139007

UNE PETITE ROBE DE FÊTE

CHRISTIAN BOBIN

작은 파티 드레스

크리스티앙 보뱅 | 이창실 옮김

1984BOOKS

서문

Christian Bobin

처음부터 우리가 책을 읽는 건 아니다. 삶이 깨어나는 시기, 두 눈이 처음 사물을 보기 시작하는 시기엔 책을 읽지 않는다. 입으로, 양손으로 삶을 집어삼키지만 아직 잉크로 눈을 더럽히지는 않는다. 삶의 시원, 첫 수원(水源), 유년의 개울에서는 책을 읽지 않는다. 책을 읽겠다는 생각도, 어느 책의 페이지나 어느 문장의 문을 뒤로하고 쾅 닫겠다는 생각도 하지 않는다. 아니, 처음엔 더 단순하다. 어쩌면 더 실성한 건지도 모른다. 우리는 그 무엇과도, 그 무엇에 의해서도 분리되지 않은 상태이다. 우리는 진정한 제약이라고는 없는 첫 대륙에 속해 있다. 이 대륙은 바로 당신, 당신 자신이다. 처음엔 광막한 유희의 땅들이 있다. 발명의 광막한 초원, 첫걸음의 강들이 있다. 어머니라는 대양이, 어머니의 목소리라는 철썩이는 파도가 사방을 에워싼다. 이 모두가 당신이다. 끊김도 찢김도 없는 온전한 당신이다. 쉽사리 헤아려지는 무한한 공간, 그 안에 책은 없다. 책이 들어설 자리, 독서라는 경이로운 애도가 들어설 자리는 없다.

실제로 아이들은 어머니가 책을 읽는 모습을 견디지 못한다. 어머니의 손에서 책을 낚아채면서 어머니의 온전한 현전을 요구한다. 몽상으로 인해 변질된 불완전한 현전은 원치 않는다. 독서는 훨씬 나중에야 유년기에 편입된다. 우선 배우지 않으면 안 되는데, 그건 일종의 고문이며 첫 유배 생활이다. 우리는 손가락을 심장에 대고 각각의 모음에 붉은 피로 밑줄을 그으면서 한 글자 한 글자 자신의 고독을 배운다. 부모는 우리가 읽고 배우고 괴로워하는 것을 보며 흡족해한다. 부모라면 누구나 자기 아이가 다른 아이들 같지 않을까 봐 남몰래 애를 태운다. 알파벳을 제대로 집어삼키지 못할까 봐, 깊이 숙고된 반듯하고 탄탄한 문장 속에서 제대로 소화해내지 못할까 봐 걱정한다. 읽는다는 건 따지고 보면 수수께끼이다. 어떻게 그것이 가능해지는지 우리로선 알 길이 없다. 방법들은 그저 방법들에 지나지 않을 뿐, 그것들 자체가 중요한 건 아니다. 그러다 어느 날 우리는 어느 페이지의 낱말을 알아보고 큰 소리로 읽는다. 그 순간 신(神)의 일부가 사라져가고 낙원에 첫 균열이 간다. 그렇게 또 다른 낱말이 이어진다. 온전했던 우주는 이제 이어지는 문장들에 불과하고 백지 속 유실된 땅들에 지나지 않게 된다. 아이는 학교에 가고, 학생의 신분이 된다. 그런데 이 유실에는 실제로 엄청난 행복이 존재한다. 글을 읽는 첫 경험, 책의 한 페이지를 해독하고 어렴풋한 형체들을 감지할 수 있게 된 첫 경험. 그것은 행복을 넘어서는, 정확히 말해 기쁨이라고 할 만한 무엇이다. 기쁨과 공포라 할 만한 무엇. 기쁨은 어김없이 공포를 수반하고 책들은 언제나 애도를 수반하기 마련이니까.

이렇게 세상의 첫 막이 내리면 다른 무언가가 시작된다. 대개는 따분한 무언가다. 글을 읽게 되면서부터 우리는 자신에게 무가치한, 희생만을 요구하는 것들을 사게 된다. 말하자면 교실에 앉을 자리 하나, 혹은 사무실이나 공장에서 떠맡는 직책 하나. 그러고 나면 우리는 단념한다. 우리는 꼭 읽어야 하는 것만 의무적으로 읽는다. 거기에 기쁨은 없으며 즐거움조차 누릴 수 없다. 복종이 있을 따름이다. 학업을 마칠 때까지, 사막의 입구에 다다를 때까지 중요한 건 오직 복종이다. 그다음에 우리는 아무것도 읽지 않는다. 신문조차도. 우리는 집에 책이 한 권도 없는 사람들 가운데 하나가 된다. 작가들에게는 참으로 수수께끼 같은 사람들이다. 모래 속에 묻힌 집들이랄지, 마귀든 책이든 세상 무엇도 침투할 수 없는 삶들이다. 그들에게도 간혹 사전은 한 권 있다. 타의 추종을 불허하는 약삭빠른 영업사원이 팔고 간 백과사전도 있다.

하지만 읽기 위한 책은 아니다. 아이들을 위해, 미래를 위해, 궂은날을 위해 예비해 둔, 가구나 다름없는 책. 참나무로도 소나무로도 만들어지지 않은 좀 이상한 가구다. 손도 대지 않을, 월부로 구입한 스무 권짜리 작은 종이 가구.

그런데 때론 어떤 사람들에게, 더 적은 수의, 훨씬 적은 수의 사람들에게 무슨 일이 일어나기도 한다. 다름 아닌 독자들이다. 가던 길을 남들이 포기하는 여덟 살 혹은 아홉 살 무렵에 이 길로 들어서는 사람들이다. 이렇게 독서의 길로 뛰어드는 그들은 언제까지나 걸음을 멈추지 않으며 그 길이 끝이 없음을 알고 기뻐한다. 기쁨과 공포를 동시에 느낀다. 그들은 출발점에, 첫 경험에 집착한다. 결코 넘어설 수 없는 경험이다. 그들은 언제나 그 지점에 머무르며 삶이 다해가는 순간까지 책을 읽는다. 고독을 발견했던, 그러니까 언어들의 고독과 영혼들의 고독을 발견했던 첫 경험의 언저리에 머문다. 그들은 황홀감에 취해 세상에서 물러나 이 고독을 향해 간다. 앞으로 나아갈수록 고독의 골은 깊어진다. 더 많이 읽을수록 아는 건 점점 더 적어진다. 이 사람들이 작가와 서점, 출판사, 인쇄소를 먹여 살린다.

읽기를 좋아하는 사람들은 위대한 책이든 나쁜 책이든 신문이든, 가리지 않고 모두 읽는다. 굶주린 사람에게는 그것들 모두가 양식이 되어준다. 요컨대 한쪽에는 아무것도 읽지 않는 사람들이 있고, 다른 한쪽에는 읽기가 전부인 사람들이 있는 것이다. 사람들 사이에는 수많은 경계가 있다. 돈도 그 중 하나이다. 그런데 책을 읽는 사람들과 그렇지 않은 사람들 간의 경계는 돈의 경계보다 더 폐쇄적이다. 돈이 없는 사람은 모든 게 부족한 반면, 책을 읽지 않는 사람에겐 결핍이 부족하다. 부자와 가난한 사람 사이에는 눈에 띄는 벽이 자리하지만 이 벽은 유동적이고 군데군데 무너져 내리기도 한다. 그러나 책을 읽는 사람과 읽지 않는 사람 사이의 벽은 땅속 깊은 곳, 얼굴 밑에 뿌리를 내리고 있다. 책이라면 손도 대지 않는 부자들이 있는가 하면 독서에 송두리째 마음을 빼앗긴 가난한 사람들도 있다. 누가 가난한 사람이고 누가 부자일까. 누가 죽은 사람이고 누가 산 사람일까? 답변이 불가능한 질문이다. 책을 전혀 읽지 않는 사람들은 과묵한 무리를 형성한다. 이 사람들에겐 물건이 말을 대신한다. 돈이 있으면 가죽 좌석을 갖춘 차를 소유하지만, 돈이 없으면 레이스 깔개 위에 시시한 장식품이나 올려두게 된다. 하지만 책을 읽을 때 우리는 자신의 삶을 버리고 대신 몽상의 영(靈)과 불길 같은 바람을 들여놓는다. 책을 읽지 않는 삶은 우리를 잠시도 놓아주지 않는 삶이다. 신문에 나오는 이야기들처럼 온갖 잡다한 것들의 축적으로 질식할 듯한 삶이다. 문을 밀친 순간 쓰레기가 천장까지 넘쳐나는 걸 보게 되는 집 같다고나 할까. 돈이 있는 사람들의 흰 손이 있고, 몽상하는 사람들의 섬세한 손이 있다. 그런데 다른 한 편에는 손이라고는 아예 없는 사람들, 황금도 잉크도 박탈당한 사람들이 존재한다. 사실 그런 사람들이 있기에 글을 쓰는 것이다. 오직 그 때문이다. 그것이 아니라면, 요컨대 타자를 지향하는 글이 아니라면 흥미로운 글일 수 없다. 글쓰기는 분열된 세상과 끝장을 보기 위한 것이며, 계급체제에 등을 돌림으로써 건드릴 수 없는 것들을 건드리기 위한 것이다. 그 사람들은 결코 읽지 않을 한 권의 책을 바로 그들에게 바치기 위해서이다.

아무도 원치 않았던 이야기

Une histoire dont personne ne voulait

빛바랜 원고다. 마지막 페이지에 날짜가 적혀 있다. 5
년. 5년 전에 쓴 원고다. 원고는 당신에게 우편으로 배달
된다. 당신은 그걸 탁자 한쪽에 놓아둔 채 잊어버린다.

토요일이 닥친다. 평소에 토요일은 몹시 바쁜 날이
다. 아이들을 실어 나르는 자가용 운전자 노릇을 해야 하
기 때문이다. 아이들은 가고 싶은 곳이 많다. 파티에도
데려가 달라고 한다. 이것도 하고 싶고 저것도 하고 싶
고, 아이들은 뭐든 다 하고 싶어 한다. 부모들은 당신이
야기한 이 무사태평한 분위기에 몇 시간이고 어깃장을
놓지만 당신은 신이 나서 아이들의 요구에 응하며 부모
들을 낙심시킨다. 삶은 순식간에 지나가고 하루하루는
가뭇없이 사라져간다. 무엇 때문에 내일을 걱정한단 말
인가. 오늘이야말로 모든 것에 대한 훌륭한 해답이 되어
줄 것을. 당신 안에는 신을 향한 미소 어린 믿음과도 흡
사한 난공불락의 태평스러움이 자리한다. 당신은 아이

들에게 아무것도 가르치지 않는다. 차라리 아이들에게서 배운다. 간혹 지나치다는 핀잔을 듣기도 한다. 만사를 될 대로 되라는 식으로 그렇게 내버려두어서는 안 된다고. 좀 더 어른답게 행동하라고. 당신은 사리 분별을 논하는 조언에 묵묵히 귀 기울인 다음 주위를 둘러본다. 한참 동안이나. 눈을 씻고 봐도 어른은 없다. 무뚝뚝하고 시무룩한 아이들 천지다. 침울한 아이들이 일을 하고, 돈을 벌고, 자신들의 시간과 힘을 소비한다. 하지만 어른은 아무도 없고, 아무 데도 없다.

그런데 이번 토요일만은 아이들도 당신 없이 지내고, 당신을 찾지도 않는다. 당신은 하는 일 없이 조용히 집에 남아 있다. 사실 고독을 벗 삼는 건 아이들과 함께하는 것만큼이나 기분 좋은 일이다. 책을 읽거나 졸거나 걷거나, 아니면 아무 생각도 하지 않으며 하늘의 빛들이 벽지 위에서 희미해져 가도록 내버려두면 된다. 그런데 당신은 무심코 그 원고의 첫 페이지를 펼치고 읽어나가기 시작한다. 원고에서 눈길을 떼었을 즈음엔 낮 시간이 훌쩍 지나가 있다. 해는 저물었지만 아직 밤은 아니다. 적막이 길게 드리워져 있을 뿐이다. 적막의 물이 서서히 솟구쳐 부단히 반짝이며 흘러넘치는 듯하다. 이 정적 속에서 당신의 생각 역시 차고 넘친다. 생각은 산뜻함과 가벼움으로 차고 넘쳐 더는 조바심내지 않는다. 더는 어수선해지지도 않는다. 그저 조용히 휴식하며, 존재하는 것들에 뒤섞여 더는 무얼 찾지도 않는다. 이런 가뿐함을 무어라 이름 지을 수 있을까? 행복이란 말은 어울리지 않는다. 이 가뿐함에는 대칭어가 따라올 수 없기 때문이다. 행복은 불행과 함께하고, 기쁨은 슬픔과 함께한다. 그런데 당신이 지금 경험하는 상태는 그 무엇과도 함께하지 않거나, 아니면 모든 것과 함께한다.

정말이지 이 원고는 한 자 한 자 모조리 베껴 써야만 할 것 같다. 원고를 쓴 사람은 타국 출신인 한 여성이다. 하지만 그걸 보낸 사람은 그 여성이 아니라 그녀의 친구, 지금 그녀와 함께하는 남자친구이다. 그는 단지 그 원고에 대한 당신의 생각을 알고 싶을 뿐 당신에게 아무 요구도 하지 않는다. 원고는 사람의 얼굴 같아 순식간에 파악된다. 두세 페이지면 그 사람을 알 수 있다. 그 원고는 동화에서처럼 어느 버림받은 이야기에서 시작된다. 사랑하는 남자, 목숨처럼 소중한 왕자님, 마음을 지배하는 임금님이 그녀를 떠나는 것이다. 그는 칠흑처럼 어두운 헌신의 숲속으로 그녀를 데려가 거기에 버려둔 채 가버린다. 그녀는 그곳 나무 밑에 그대로 앉아 있다. 거기서 기다린다. 기다리고 기다린다. 그러다 어느 아침, 자리에서 일어나 숲을 나와 자기 집 부엌으로 들어가 창문을 닫고 가스 밸브를 연다. 젊은 여자가 타일 바닥에 쓰러진다. 그녀의 영혼도, 죽은 새보다 무거운 영혼도 곁에 함께 쓰러진다. 가스에 질식한, 자신의 피의 무게에 짓눌린 흰 비둘기이다. 여자가 깨어난 곳은 병원이다. 그녀는 베개에 몸을 기댄 채 주위를 둘러보며 자신의 내면을 들여다본다. 몸은 분명 그곳에 존재하며 여전히 작동한다. 손은 물건을 잡을 수 있고, 입술은 말을 할 수 있고, 눈은 눈물을 흘릴 줄 안다. 그렇게 모두 그곳에 있지만 영혼은 없다. 그녀를 버린 애인이 무심코 자기 가방 속에 넣어간 것이 분명하다. 어쩌면 그토록 무심할 수 있는지. 그녀는 병원을 떠나 일상생활로 돌아온다. 여전히 영혼은 없는 채로. 영혼은 우리가 볼 수도 들을 수도 없는 것이니, 아무래도 상관없는 일이다. 영혼 없이도 우리는 너끈히 살아갈 수 있으니, 무슨 큰일이 난 것처럼 법석을 떨 필요도 없다. 그건 너무나도 흔한 일이니까. 한 가지 문제가 있다면, 우리가 이름을 불러도 사물들이 다가오지 않는다는 사실이다. 우리는 자신의 삶에서 부재하지만 세상이 그 사실을 눈치채지 못하도록 감쪽같이 속여 넘길 수 있다. 짐승들을 제외하고, 나무들을 제외하고, 우리는 모두를 속일 수 있다. 그렇게 모두가 속아 넘어가지만, 그래도 금빛 가을 햇살만은 속지 않는다. 자작나무 껍질과

장미나무 속살을 한없이 부드럽게 감싸 안는 그 빛은 결코 속지 않는다. 우리를 피해 달아나는 그 빛을 어떻게 다시 만날 수 있을까? 직접적인 삶에 어떻게 가 닿는다지? 단순한 삶으로 어떻게 돌아갈 수 있을까? 프로방스 숲속에 번진 시뻘건 산불처럼 사랑이 우리를 휩쓸고 지나간 것이다. 세월이 흐른 다음에야 풀이 다시 자랄 것이다. 이 재난의 현장에 새로운 사랑이 찾아와 정착할 것이다. 재난의 장소는 바로 당신이라는 온전한 존재이다. 당신이 입은 무명 원피스에서 마음속 금지된 생각들에 이르기까지, 당신이 마시는 차의 맛에서 애잔한 봄의 느낌에 이르기까지, 당신이라는 온전한 존재이다. 어쩌겠는가. 우선 급한 불부터 꺼야 한다. 그런 모습으로 계속 외출할 수는 없다. 당신 안에 어떤 영혼도 들여놓지 않고 두 눈 깊숙이 어떤 웃음도 담겨 있지 않은 채로는 말이다.

그렇다, 눈이다. 당신의 눈에 대해 이야기해보자. 그 두 눈은 이제 우는 일 말고는 쓸모가 없다. 울지 않을 때는 책을 읽는다. 어느 날 당신은 릴케의 한 페이지를 읽는다. 다른 한 페이지, 또 한 페이지. 그러다 잉크의 새장을 여는 순간 영혼의 새들이 우르르 당신에게 돌아온다. 실패한 자살이 모두 그렇듯 당신의 자살도 성공을 거둔 것이다. 당신이 잃은 건 생명보다 더한 것이었다. 말, 투명한 말의 맛, 참된 말에 대한 사랑, 그 모두를 잃은 것이다. 말 앞에서 당신은 먹을 것을 앞에 둔 아픈 아이 같았었다. 그런데 릴케가 당신에게 먹을 것을 다시 준다. 한 편의 시, 이어지는 또 한 편의 시, 한 편의 이미지, 또 한 편의 이미지. 헐벗은 말과 함께 온전한 진실이 돌아온다. 진실과 함께 온전한 영혼이 돌아온다.

이 일을 겪은 여자는 이제 그것을 이야기하고 싶다. 감사의 마음을 전하기 위해. 그녀는 릴케에게 긴 편지를 쓴다. 작고 어두운 부엌에서 시작해 마당 한구석에 심어진 반짝이는 보리수 밑에서 끝이 나는 편지다. 느린 재활의 이야기, 죽은 새들의 긴긴 이동의 이야기다. 그녀에게는 글을 쓰는 습관이 있다. 몇 해 전에도 책 몇 권을 써서 출판사와 독자들의 호응을 얻기도 했었다. 그녀는 그 책들 뒤에 꼭꼭 숨어 있었지만, 따지고 보면 언제나 동일하달 수 있는, 재생과 관련된 이야기였다. 죽음과 잇따른 재생에 관한 이야기. 그녀는 마치 쓰지 않으면 안 되는 사람처럼 글을 쓴다. 문체에는 관심을 두지 않는다. 그 대신 백지 위로 결단코 오지 않을 그것에, 한마디 말에 겁을 집어먹을 그것에 무엇보다 공을 들인다. 요컨대 삶에, 발가벗겨진 삶. 가식 없는 단순명료한 삶, 한 침상에서 서로 부둥켜안고 있는 기쁨과 고통이라는 두 어린

아이 같은 삶이다. 사전에는 릴케가 독일어권의 가장 위대한 시인들 가운데 한 명으로 명시되어 있다. 그러나 그녀는 사전의 말은 아랑곳없이 글을 쓴다. 죽은 이가 아닌 살아 있는 이에게 말을 건넨다. 대도시들의 거리를 불확실한 걸음으로 걸어가는 그 사람에게. 자신의 이름이 아직 사전 속에 누워 있지도, 심장이 영광으로 얼어붙지도 않은 사람이다. 여느 사람들처럼 굴곡진 삶의 불확실한 길을 걸어가는 행인이다. 낮 시간 동안 그는 잠을 잔다. 불가피한 노동에 잇따르는, 누구나 누리는 휴식이다. 하지만 밤에는 깨어 있다. 천사들 곁에서 특이한 방식으로 밤을 지새운다. 그는 글을 쓰며 위안을 구하는 대신, 위안의 반대인 진실을 구한다. 바로 이 사람에게 그녀는 말을 건다.

'위대한 시인'이란 대체 뭘까. 아무 의미도 없는 말이다. 정말이지 무의미한 말이다. 자신의 글 뒤에 숨어 있는 사람의 위대함은 오로지 날 것인 삶에 대한 온전한 복종에서 오기 때문이다. 적확한 말을 찾느라 수많은 밤을 송두리째 바치는 사람은 연인들이 서로에게 쏟고 어머니가 자식들에게 쏟는 조심스러운 염려를 내면에 키워갈 따름이다. 예술은, 예술의 진수는, 사랑하는 삶의 찌꺼기에 불과하며, 사랑하는 삶만이 유일한 삶이다. 위

25

대하다든지 시인이라든지 문학이라는 것도 무의미한 말이다.

그녀는 고향에 남아 있는 어릴 적 친구에게 소식을 전하듯 릴케에게, 생명 있는 모든 것들의 연인이며 뭇 마을을 떠도는 백치인 그에게 글을 쓴다. 작은 부엌에서 가스 밸브를 열었던 일이며, 매 계절마다 깃드는 햇살과 큰 고목이 전해오는 정다움에 대해 이야기한다. 또 그녀가 믿는 사랑과 그 사랑에 대한 믿음에서 탄생하는 것들에 대해 이야기한다. 원고가 완성되자 글을 출판사에 보낸다. 그러나 출판사에서는 그녀의 이야기를 원치 않는다고 한다. 그 글을 어떻게 읽어야 할지, 어디에다 분류해야 할지 모르겠다고. 대체 누구에 대한 이야기인지, 릴케에 대한 이야기인지 아니면 그녀 자신에 대한 이야기인지 모르겠다고. 선택을 하라고, 그렇게 외발로 춤추며 이 말에서 저 말로 건너뛰는 모습을 보는 게 거북하다고. 그녀는 다시 시도해보지만, 두 번째도 세 번째도 같은 답변이다. 결국 그녀는 포기한다. 건강은 거의 회복된 상태다. 아픔 속에서 그녀는 노래를 찾아낸 것이다. 책을 봉헌하며 고통은 사라졌다. 하지만 이 봉헌물을 아무도 원치 않는다. 그리고 5년의 세월이 흐른다. 그녀는 원고에 대해 더는 생각하지 않는다. 아니, 아직 생각한다. 그러다 기이한 경로로, 그녀 아닌 다른 사람의 손을 빌려, 어느 맑은 가을 토요일, 이 글이 당신에게 도달한다. 이 토요일에 읽은 원고가 당신의 머릿속에 남아 지워지지 않는다. 당신은 저자에게 편지를 쓰고 답장을 받는다. 이어지는 편지들도 먼젓번 원고와 동일한 효과를 발휘해 단 한 차례 읽는 것으로 영원히 잊을 수 없는 것이 된다. 변함없이 조용하고 차분한 목소리. 늘 그렇듯 거짓은 한마디도 찾을 수 없다. 통상적인 말, 실체가 없는 말은 단 한마디도 들어 있지 않다. 관념을 섬기고 거짓을 섬기는, 구름 잡는 말은 하나도 찾을 수 없다. 그녀는 자신에 대해 속속들이 이야기하며 당신으로 하여금 세상을 투명하게 볼 수 있도록 해준다. 조급한 목소리로 병적인 지성을 과시하는 신문기자들의 말보다 세상을 훨씬 더 투명하게 보게 해준다. 그녀의 글이 당신 마음에 와닿는 건 당신이 아이들과 함께 있을 때 맛보는 감동과도 흡사하다. 꾸밈없는 현존과, 세상을 깃털처럼 가볍게 만드는 존재 방식.

어느 날 그녀는 자신의 책이 받아들여졌다는 소식을 당신에게 전한다. 먼 나라 독일에서, 그녀가 성장한 땅이 아닌 땅에서, 그녀가 평소에 경외심을 품어온 언어로 출판될 거라는. 어느 날, 당신은 무명 테이블보에 손을 갖다 대고 구김살을 펴려다 문득 환히 빛나는 그녀의 모습을 선명히 떠올린다. 평범하기 그지없는 이 동작, 구김살을 펴는 일에 그녀 역시 온통 몰두해 있을 것만 같다. 구김살을 모두 제거해 더 넉넉하고 유기적인 삶으로 돌아오는 일. 넉넉하고 유기적이며, 아늑한 삶으로 말이다. 당신은 테이블보에 말없이 손바닥을 올려둔 채 한참을 꼼짝도 하지 않는다. 손가락과 무명천 사이에 더없이 귀중한 보물을 둔 채로. 투명해지도록 불타오른 영혼, 아무도 원치 않았던 하나의 이야기를 둔 채로.

그를 가만 내버려 두오

Et qu'on le laisse en paix

발작 상태는 세상의 본성이다. 전쟁이 잇따르고 발명도 이어진다. 총매상고가 집계되면 자살률도 집계되며, 기아의 저편에는 달콤한 환락이 자리한다. 세상은 그것들 모두의 잡탕이다. 그것들이 모두 함께한다. 사랑만 예외이다. 사랑은 그 무엇과도 함께하지 않는다. 사랑은 아무 데도 없다. 전시(戰時)에 부족한 식량처럼, 죽어가는 사람의 짧은 호흡처럼, 사랑도 모자란다. 놀이에 몰두해 있는 아이에게 시간이 모자라듯 사랑도 그렇게 부족하다. 사랑을 하려면 시간이 필요한 법이다. 정말로 많은 시간이 필요해서, 우리 안에 자리한 사랑의 욕구를 채워주기엔 시간은 늘 역부족이다. 우리 안에 자리한 목소리와 피의 요구, 창공 같은 그 목소리에 흐르는 우윳빛 피의 요구를 채워주기에는 말이다. 혜성 같은 사랑은 영원에 단 한 번 우리의 심장을 스친다. 밤낮없이 지켜야 그걸 목격할 수 있다. 오랫동안, 오랫동안 기다리지 않으면 안 된다. 그것이 사랑의 본성이다. 기다리고, 기다리고,

또 기다려야 한다. 이 사실이야말로 사랑이 갖춘 위엄이
자, 사랑의 놀라운 특성이다. 소음과 부산함으로부터 최
대한 멀리 떨어져, 온갖 발작으로부터도 훌쩍 떨어져, 차
분한 마음으로 기다려야 한다. 참을성 있게 기다려야 한
다. 사랑은, 그리고 사랑의 가볍고 경쾌한 자각이자 더없
이 겸허한 형상이며 각성한 얼굴인 시(詩)는, 심오한 기
다림이고 달콤한 기다림이다. 부드럽고도 오묘하게 반
짝이는 희망이다.

  12세기에 크레티앵 드 트루아는 웨일즈인 페르스발
*을 만들어낸다. 12세기든 20세기든 상황은 마찬가지다.
숫자는 모두 가치를 지닌다. 어느 시대나 똑같은 일에 연
루되어 있다. 사람들은 먹고, 먹기 위해 일하고, 일하기
위해 싸우고, 모호한 열정에 휩싸여 동일한 상처를 받으
며 피와 시간을 잃는다. 페르스발은 12세기 말에 잠에서
깨어나 말에 오른다. 어머니는 그가 기사가 되는 것을 원
치 않는다. 어머니들은 세상에 대해 아는 게 많다. 그들
이 말로 표현할 수 있는 것보다 훨씬 많이 안다. 하지만
자식들은 어머니들의 말을 듣지 않게 마련이어서 페르
스발 역시 빛에 싸여, 어머니의 빛에 포근히 감싸여, 이
성(城)에서 저 성으로 오가며 승부를 걸면서 그 자신도

---

* 아서왕 전설에 나오는 원탁의 기사들의 일원. 영어식 발음은 퍼시벌, 독일어로는 파르지팔이다.

34

모르는(아는 게 거의 없음이 분명한) 대상인 성배(聖杯)를 찾아다닌다. 사실 그는 성배가 뭔지 모른다. 자신이 통과하고 있는 책에 대해서도 전혀 모른다. 페르스발은 피로를 느낀다. 무얼 찾는지도 모르는 채 찾는다는 건 피곤한 일이다. 부산하고 불안정하며 발작에 빠진 세상에서, 실의에 잠긴 왕과 좀 지나치게 아름다운 왕비와 온통 자신만을 생각하는 젊은 여자들을 섬기기란 피곤한 일이다.

피로는 세상에서 가장 흥미로운 생각거리들 중 하나이다. 피로는 질투 같고, 거짓말 같고, 두려움 같다. 우리가 애써 외면하는 이런 불순한 것들을 닮아 있다. 그것들처럼 피로는 우리를 땅으로 내려서게 한다. 삶에서 처음 마주치는 피로의 얼굴은 어머니의 얼굴이다. 고독에 지친 얼굴이다. 갓난아이는 꿈과 웃음, 그리고 무엇보다 피로를 가져다준다. 피로가 맨 먼저이다. 밤은 강탈당하고 행복이 숨통을 조여 온다. 사랑과 잠. 피로는 삶의 이 신성한 두 문에 대번 손을 댄다. 피로는 돌 위를 흐르는 물처럼 사랑을 마모시키며, 물에 물을 가져다 붓듯 잠을 쌓아간다. 피로는 사랑을 침범해 들어오는 미개한 잠이며, 광대한 사랑의 숲에 번지는 잠의 불이다. 피로는 나쁜 어머니 같다. 밤중에도 일어나 목소리로 우리를 달래고 품에 안아 마음을 어루만져주는 그런 어머니가 아니다. 피로에 절은 사람들을 어떻게 알아볼 수 있을까? 그들은 무언가를 쉴 새 없이 하는 사람들이다. 휴식과 침묵, 사랑이 내면으로 파고들 여지가 없는 사람들이다. 피로에 절은 사람들은 장사를 하고, 집을 짓고, 경력을 쌓는다. 피로를 피하기 위해 그런 일들을 하지만 그러면서 오히려 피로에 빠진다. 그들의 시간에는 시간이 부족하다. 일을 더 많이 할수록 점점 더 적게 하는 꼴이 된다. 그들의 삶에는 삶이 부족하다. 자신과 자신 사이에 유리벽이 존재한다. 그들은 멈추지 않고 유리벽을 따라 걷는다. 피로는 그들의 용모와 손과 말에서 드러나 보인다. 그들에게 피로는 일종의 향수이며 불가능한 욕망과도 같다. 그들은 페르스발처럼, 어머니를 떠난 이 젊은 남자처럼, 들판과 강을, 강과 숲을, 산과 들판을 오간다.

페르스발이 찾는 건 무엇일까? 그는 그것이 무언지조차 모른다. 한 번도 알았던 적이 없다. 깨어나 보면 아무도 없는 성들에서 잠시 눈을 붙일 뿐 그는 연달아 모험을 떠난다. 그러다 어느 날 흐린 하늘을 날아가는 잿빛 기러기 한 마리를 발견한다. 사냥꾼이 쏜 화살이 기러기의 한쪽 날갯죽지에 명중한다. 세 방울의 피가 눈 위에 떨어진다. 페르스발은 말에서 내려 가까이 다가가 몸을 숙이고 흰 눈 위에 난 세 개의 붉은 핏자국을 바라본다. 바라보고 또 바라본다. 몇 시간을 그렇게 바라본다. 세 방울의 피가 그 모양과 빛깔, 서로 간의 유희를 통해 그에게 무언가를 말한다. 그것들은 어느 젊은 여자의 얼굴을 상기시키며 그가 이 얼굴을 보는 걸 얼마나 좋아했던지 일깨워준다. 눈의 캔버스 위에 유년기를 배경으로 떠오른 이 얼굴이 전해주던 사랑에, 사랑이 오고 있던 그 순간에 자신이 얼마나 무지했었나를. 그는 자리에서 꼼짝도 하지 않는다. 피로는 이제 그를 지배하지 못하고 빠져나가 더이상 그의 안으로 들어오지 못한다. 이제 그는 자신 안에 없으며 오로지 먼 데서 오는 그 사랑 안에 있기 때문이다. 자신에게는 부재하는 자로서 오로지 사랑의 지배를 받고 있기 때문이다. 어떻게 우리는 사랑하는 대상을 인식하는가? 우리 안에 난데없는 정적이 깃들고, 심장에 비수가 꽂힌 듯 출혈이 이어질 때이다. 말(言)속에서 일어나는 침묵의 출혈. 우리가 사랑하는 대상은 이름이 없다. 우리가 멈춰 세우려고 무슨 말을 찾아내기도 전에, 그 이름을 부르기도 전에, 그 이름을 부르며 멈춰 세우기도 전에, 그것이 우리에게 다가와 어깨에 손을 올려놓는다. 우리가 사랑하는 그것은 어머니 같아서, 우리를 분만한 뒤에도 천 번 만 번 다시 태어나게 한다.

세 방울의 피. 백색의 삶 위에 떨어진 세 마디 붉은 말.

기사들이 페르스발을 데리러 온다. 왕이 그에게 할 말이 있는 것이다. 그는 대답이 없다. 여전히 붉은 눈 위로 몸을 숙인 채, 그를 다른 곳으로 데려가려는 사람들에게 무관심하다. 더 먼 곳, 지친 세상, 진력나는 세상으로 그를 데려가려는 사람들이다. 바로 이 대목에서 시(詩)가 시작된다. 12세기 말경, 50센티미터 쌓인 눈 위에서. 네 줄의 문장, 세 방울의 피에서. 시(詩), 일체의 피로가 끝나는 지점, 언어의 눈 속에 피어난 사랑의 장미, 입술에서 입술로 전해지는 영혼의 꽃. 장사와 피의 대가와 영예로운 전쟁이 맹위를 떨치던 그런 시대에, 음유시인들은 한 여인의 이름을 입에 담고 자신들의 노래가 솟구치게 한다. 청명한 하늘에 푸른 불꽃이 치솟게 한다. 출구 없는 세상에 그들은 출구를 만들어낸다. 세상 모든 언어를 통틀어 하나밖에 없는 이름의 문이다. 하나뿐인 남자가 하나뿐인 여자를 부르고, 이 노래의 별 속에 사로잡힌 대지는 빙글빙글 선회하는 그 목소리에 싸여 환한 빛을 발한다. 바로 그 순간, 넋을 잃은 채 꼼짝도 하지 않는 인간의 새로운 형상이 탄생한다. 붉은 부재 위로 몸을 숙인 채 흰 눈 위에서 꼼짝도 하지 않는 인간. 세상 그 무엇에도 욕구가 당기지 않는 인간. 그러니 그가 자신의 사랑을 묵상하도록 가만 내버려 둘밖에. 몇 시간이고, 며칠이고, 몇 세기고, 그를 가만 내버려 둘밖에. 언제까지나. 언제까지나.

망가지기 쉬운 천사들

Faiblesse des anges

일기가 고르지 않은 유월 어느 날, 푸른 하늘이 어두워지고 금세라도 폭풍우가 몰아칠 듯 대기가 떨린다. 당신은 머리를 식히려고 책을 찾는다. 첫 손에 잡히는 걸 읽기로 한다. 라신의 희곡집. 이 작가에 대해서는 어린 시절 수업 시간에 들은 것 말고는 아는 게 없다. 잠의 연못들, 뱀처럼 구불구불한 문장. 어느 사랑의 반짝이는 길들. 무엇보다 그의 침묵. 명성이 최고조에 이른 순간 그가 빠져든 갑작스러운 절필. 그렇게 그는 세상 사람들의 총애에 불쑥 등을 돌리고, 무언지 모르며 누구를 위해서인지도 모르는 그것 속으로 침잠한다. 칙칙한 세상과 텅 빈 인간들에게 작별의 인사를 고할 필요조차 없는 침묵이다. 당신은 마음 내키는 대로 책을 펼친다. 정오의 햇빛을 받으며 깊은 독서에 빠진다. 그 시커먼 불길 속으로, 가시투성이 꽃 속으로 들어간다. 『이피게네이아』이다. 무수한 굴곡과 에움길과 갈팡댐으로 이루어진 이야기, 여덟 폭 피륙과도 같은 이야기이다. 이야기가 전개되어 감에 따라 점점 더 빛을 발하는 광막한 세계가 눈앞에 펼쳐진다. 비단결처럼 청명한 하늘이다.

이야기의 중심 주제와 부차적인 구도가 조금씩 드러난다. 한 아버지가 나머지 세상을 상대로 전쟁 중이다. 트로이를 상대로 전쟁을 벌인다. 모든 게 준비된 상태다. 선박들은 항구에 집결해 있고 독서는 제자리걸음이다. 수개월 전부터 만사가 준비된 상태지만 출발이 지연되면서 독서도 진도가 나가지 않는다. 바다 위로 바람 한점 불지 않는다. 숨이 막힐 것 같은 갑갑한 잿빛 하늘 아래 파도 한 점 일지 않는다. 바다를, 아버지의 변덕과 복수의 야심을, 신들이 짓누르고 있다. 신들이 온갖 환상과 공포를 야기하며 자신들의 그림자를 무겁게 드리운다. 신들이 망망대해를 진압한다. 아버지를 옴짝달싹 못 하게 만들며, 책의 독자 역시 어둠 속에서 헤매도록 한다. 극이 시작되기도 전에, 책이 시작되기도 전에, 당신이 언어의 무대로, 황금 같은 말들의 지붕 밑으로 들어서기도 전에, 이 모든 일들이 일어난다. 독서가 시작되기도 전에, 독서를 통해 당신이 몽상의 커다란 선박들을 풀어놓기도 전에 일어나는 일들이다.

위대한 책은 그 책이 시작되기 훨씬 이전에 시작된다. 어떤 책이 위대하다는 건, 그 책에서 점차 드러나 보이는 질망의 위대함을 의미한다. 책 위에 무겁게 드리워져 책이 태어나지 못하도록 한참을 가로막는 그 모든 어둠을 의미한다. 책은 그렇게 시작된다. 그 책이 있기 전, 글이 써지기도 전에 모든 것이 시작된다. 즉 아버지의 떠도는 그림자가 있고, 번잡한 날들 속에서 첫 시구가 떠오르기를 기다리는 라신과 그의 머릿속에 존재하는 담갈색 밤이 있다. 사방에서 꿈은 짓밟히고, 자신과 지나치게 밀착되어 글쓰기는 불가능해진다. 불만에 찬 왕, 폭력적인 아버지로 인해 갈가리 찢긴 유년기에 너무 밀착된 상태로는 글쓰기가 불가능하다.

당신이 머릿속에 그리는 건 전혀 사실이 아니거나 역사적인 진실, 있는 그대로의 진실이 아닐 수도 있다. 그러나 중요한 건 이런 진실이 아니다. 객관적인 눈으로 차분히 행하는 독서가 완벽한 독서는 아니다. 그런 독서가 핵심에 이르는 독서는 아니다. 그런 독서는 책의 검은 광맥을 건드리지 못한다. 책에 담겨 있고 당신의 눈과 삶의 저변에 존재하는, 있는 그대로의 반짝이는 진실의 핵을 건드리지 못한다. 당신의 눈 속, 삶의 저변. 즉 근원에 가닿는 또 다른 독서만이 당신의 마음을 끌어당긴다. 당신 안에 자리한 책의 뿌리로 직접 가닿는 독서, 하나의 문장이 살 속 깊은 곳을 공략하는 독서.

그러니까 아버지가 문제다. 아버지가 왕이다. 아버지가 자신의 왕권을 휘두를 수 없게 된 것이다. 자신이 바라는 대로, 마음먹은 대로 하늘을 어둡게 하고 땅을 구름으로 뒤덮을 힘을 행사할 수 없게 된 것이다. 무(無)에 불과한 세상에서 그는 아버지고 왕이며 전능한 자이므로 그런 소망을 갖는 것도 당연하다. 그래서 이야기도 그렇게 시작된다. 신들의 마음에 들고 전능한 자아를 느긋하게 계속 꿈꾸어볼 수 있기 위해 딸을 제물로 바치는 왕의 이야기이다. 책은 당신의 눈 아래서 만들어진다. 독서는 그 대상인 책과 동시에 존재한다. 독자와 저자는 열정이 팽배한 대기 속을 함께 걸어간다. 글이 전개되면서 정신의 피륙이 한 올 한 올 풀리고 왕의 문제가 난데없이 해결되는 과정에 함께 참여한다. 다시 말해 자신을 초월해 세상에서 승리를 거두는 것이다. 자신의 시신과 자신의 몸, 희생당한 딸의 몸을 초월하는 것이다. 물론 다른 인물들도 등장한다. 어머니가 등장한다. 어머니는 어느 머나먼 섬, 딸 곁에 있는데 왕이 그들을 돌아오도록 한다. 어머니는 아버지의 의지를 절대로 거역할 수 없다. 황금시대와 태평성대에 이르지 못하는 아버지의 무능으로부터, 가문의 원한으로부터, 어머니는 딸을 지켜낼 수 없다. 어머니의 힘은 거기서, 왕궁의 문전에서 멈춰 선다. 물론 다른 인물들도 등장하지만 중요한 인물은 하나도 없다. 어떤 이야기에도 결코 두 명 이상의 인물이 등장하지는 않는다. 삶에도 오직 단 하나의 사랑이 있을 뿐이다. 이 이야기에서도 아버지와 딸이 전부다. 나머지는 언어다. 날이 선 피투성이 문장. 빛이 사라진 헐벗은 심장. 신경을 두드리는 잉크의 비. 이 언어가 현기증을 일으킨다. 영혼의 우물 속에 던져진 돌멩이처럼, 당신을 당신 자신의 어둠 속에 난데없이 데려다 놓는 한 줄기 빛처럼, 이 문장들이 당신 안에 울려 퍼지자 심연이 입을 벌린다. 책의 페이지들이 한 장씩 넘겨짐에 따라 서서히 현기증이 느껴진다. 지나치게 명징한 말들이 불러일으키는 현기증이다. 폭풍우가 하늘 한 모퉁이를 두고 그러듯, 마음을 차지하려고 다투는 난폭한 힘들이 불러일으키는 현기증. 이 17세기 사람들은 자신들의 성을 짓듯 말을 한다. 불필요한 장식물은 걷어내고 균형에 몹시 집착한다. 그들은 신선한 언어로 말한다. 그들의 정원 사이로 난 오솔길들처럼 선명하고 그들의 대리석 분수대처럼 번득이는 말들이다. 그들은 자신들의 성안에 살듯 이 언어 속에 거주한다. 온갖 열정이 발산되는 끔찍한 무질서 속에. 그들의 살롱에는 유희와 죽음이 병행하고, 순진무구와 방탕이 맞닿아 있다. 그들의 마음과 살롱은 닮은꼴이어서, 다스릴 수 없는 왕국이다.

당신은 라신의 책을 덮고 백화점으로, 17세기에서 20세기로 건너간다. 그곳에서 한 부부와 마주친다. 당신도 내막을 잘 아는 무슨 문제가 있었던 부부이다. 시골에서는 베르사유 궁전의 거울 회랑에서처럼 아무것도 숨길 수 없고 모든 게 노출되기 마련이니까. 그러니까 두 막짜리 단순한 이야기이다. 1막이 더 짧다. 남자가 다른 여자를 사랑하게 되었다는 것. 벼락은 2막이 시작되는 부분에 이르러 떨어진다. 물불 가리지 않게 된 아내는 잠시도 감시를 게을리하지 않으며 죽느냐 죽이느냐를 두고 망설이다 결국 죽이기로 한다. 칼이나 독약으로 죽이는 게 아니라 더 큰 소리로 원망의 말을 쉴 새 없이 되풀이하고 악을 써댐으로써. 그녀는 경쟁상대를 찾아가 길에서 직장에서 모욕을 가하고 상대 여자가 가는 곳마다 쫓아다니며 욕을 하고 한밤중에 여자에게 전화를 걸어 불길한 침묵으로 일관하며 공포와 고통의 독기 어린 숨결을 내뿜는다. 아내가 밤낮없이 그러니 남편은 집으로 돌아온다. 사랑 때문이 아니라 넌더리가 나서. 역설에 넘어가, 아니 역설이 지긋지긋해져서. 3막은 없다. 영영 없을 것이다. 이제 두 사람은 서로를 떠나지 않는다. 고인 물에 꼼짝 않고 떠 있는 두 척의 배다. 더는 아무 문제도 없는 모범적인 부부가 되어 있다. 라신의 극에서도 극이 끝나는 순간 볼 수 있는, 몽유병에 걸린 부부이다. 그림자들 사이를 배회하는 두 개의 그림자이다. 라신의 극에서도 그렇고, 어디를 가든 마찬가지이다. 그 어디에서도 별은 볼 수 없고, 사랑은 결핍되고, 대기근이 감돈다. 페드라에게도, 안드로마케에게도, 에스더에게도 마찬가지다. 티투스와 베레니스, 로마 황제와 팔레스타인 여왕에게도 그렇다. 백화점에서 당신을 마주하고 선 이 부부도 마찬가지이다. 똑같은 재의 비. 사람들의 영혼에 작용하는, 신들의 똑같은 중력. 묵직한 핏속에서 일어나는 똑같은 방황. 이 모두는 너를 사랑해, 라는 한 차례 전쟁 포고에서 시작된다. 그리고 나머지 일들은 천사들의 타락처럼 정해진 법칙에 따라 진행된다.

너를 사랑해. 너는 내 안에 사랑의 감정을 눈뜨게 한 사람이야. 그 감정이 넘쳐나게 할 사람도 너고, 네가 그렇게 해야 해. 너는 내 안에 깃든 사랑한다는 동사의 보어야. 직접목적보어지. 내가 사랑하는 건 너야. 너는 모든 것의 보어야. 너는 아버지나 어머니의 얼굴인 황금가면이야. 어린 나를, 배고파 우는 아이인 나를 어머니처럼 굽어보는 그림자지. 땅과 우주를 지배할 지고한 권리를 지닌 나는 무엇보다 너에 대한 권리를 비참하게 부르짖는 어린아이야.

당신은 백화점에서 이 로마 황제와 팔레스타인 여왕을 앞에 두고 몇 마디 이야기를 나눈다. 둘 중 더 말이 많은 쪽은 여자이다. 오래전부터 그의 아내인 여자이다. 너무 오래전부터여서 그사이 성장하지 않고 그냥 늙어버린 듯한 여자이다. 볼이 파이고 눈가에 주름이 진 소녀랄까. 그녀는 당신과 당신 지인들에 대해 쉴 새 없이 묻는다. 타인의 삶에 엄청난 호기심이 발동하게 된 것이다. 사방에 널린 재난을 파헤쳐냄으로써 머리를 좀 식히고 싶은 것이다. 남자는 입을 꾹 다물고 있거나 아주 조금만 말한다. 간간이 그녀 이야기를 해도 입은 열지 않고 눈으로만 말한다. 꼭 어린아이를 두고 하는 말 같다. 그의 집 문간에 버려진 마흔다섯 살 먹은 아이, 자신의 가엾은 딸 이야기를 하는 것 같다. 그는 변명을 늘어놓는 아이의 표정으로 멋쩍게 웃으며 대충 이렇게 말한다. 저 여자를 떠날 수는 없지요. 저 여자는 추위와 두려움으로 숨이 막혀 밤사이 죽고 말 테니까. 그렇게 내버려 둘 수는 없어요. 내 입장이 되어 보라고요. 그가 당신 귀에 그렇게 속삭여대는 동안 당신은 그녀를 본다. 자신의 권리를 확신하는 그녀는 재를 뒤집어쓰고도 의기양양한 모습으로 빛을 발한다. 그래도 그녀의 불안감이 완전히 사라진 건 아니다. 심장에 가해진 타격이 뿌리를 건드린 것이다. 경쟁상대의 이름이 들리거나 길에서 상대의 모습이 눈에 띄면 그녀는 자신도 모르게 몸이 떨려온다. 그러니 서로 피할 밖에. 피하는 게 상책이다. 마지막까지, 붉은 커튼이 내려지는 순간까지 그럴 것이다. 남자는 사랑을 산 채로 매장한 슬픔에 젖어. 여자는 살에 박힌 가시처럼 내면에 상주하는 원인 모를 공포에 사로잡혀.

당신은 집으로 발길을 돌린다. 이제 이 두 사람에 대해서도 라신에 대해서도 생각하지 않는 당신은 제3의 문제에 골몰한다. 부부란 대체 뭘까. 열정은 뭐고 사랑은 뭘까. 당신은 머릿속으로 게임을 벌이며 하나의 규정을 마련한다. 집에 다다르기 전, 그러니까 5분 안에 해답을 찾아낼 것. 결국 게임 종료 직전에 당신은 답을 발견한다. 부부란 김빠진 삶의 장이고, 열정은 분열된 삶의 장이다. 그런데 사랑은 이것도 저것도 아니다. 이제 당신은 당신의 집 문 앞에 선 채로 웃음을 터뜨린다. 이 참담한 발견에, 이 모든 한심한 정의에 경의를 표한다. 당신은 17세기와 20세기를 싸잡아 비웃고, 사랑과 세상을 함께 품을 수 없는 이 영원한 무능을 비웃는다. 망가지기 쉬운 천사들과 튼튼한 개들을 두고 너무 한탄하지 않으려고 웃는다.

날 봐요, 날 좀 봐요

Regarde-moi, regarde-moi

그 애는 일요일마다 당신을 부른다. 일요일은 그 애가 좋아하는 날, 성미가 까다로운 어린 백마와 만나는 날이다. 말은 마구간에 있지만 외톨이다. 다른 말들과 함께 있는 걸 견디지 못하는 이 녀석은 그들에게서 떨어져 있다. 작고 귀여운 말, 눈처럼 희고 오만한 말이다. 다른 말들을 택할 수도 있었겠지만 그 애의 눈에는 이 말밖에 보이지 않는다. 그 애와 이 말은 기막히게 잘 어울린다. 속도광인 어린 말은 간혹 그 애의 욕구를 앞서가, 승마 연습장을 마구 내달리거나 하며 제멋대로 군다. 땀에 젖어 번들대며 성급한 광채를 발하는, 꿈에서 본 듯한 말이다. 소녀는 이 말을 남매처럼, 분신처럼 사랑한다. 그들을 보는 사람들의 입가에는 미소가 떠오른다. 둘은 마치 같은 날 태어난, 서로를 위해 만들어진 존재 같다. 아이는 이 말과 함께 있으면 자신의 가장 생기발랄한 부분, 질풍같이 어둡고 야성적인 일면과 함께하는 것 같다. 아이는 일요일이면 공포와 놀이를 통해 자신을 알아간다.

사실 자기 자신에 대해서가 아니라면 삶에서 아무것도 배울 게 없고 알아야 할 것도 없다. 물론 혼자 배울 수 있는 게 아니다. 자신의 가장 내밀한 부분에 이르려면 누군가를 거쳐야 한다. 어떤 사랑을, 어떤 말(言)이나 얼굴을 거쳐야 한다. 아니면 화사한 어린 말(馬)을.

승마 수업이 끝날 즈음이면 오후로 접어든다. 이제 좀 따분한 수업들이 시작된다. 아직 학교 숙제도 하지 않았는데 말이다. 끔찍한 일이지만 매일 그렇듯 검은 피아노 앞에 앉아야 할 시간이다. 아이는 아쉬운 마음으로 흰 말을 떠난다. 그때마다 수수께끼 같은 물음이 뇌리를 떠나지 않는다. 왜 그곳에 머무르면 안 되는 걸까? 나는 거기 있을 때가 행복한데. 그 흰 말과 함께 있을 때 나 자신과 가장 가까이 있는 느낌이다. 그런데 왜 앞으로 가야하고 계속 가야 하는 거지? 왜 엉뚱한 데 시간을 써야 하는가 말이다. 나 자신은 물론 모든 것에서 날 멀어지게 하는 일들에다. 당신은 무어라 대답해야 할지 모른다. 대답할 수 없다. 이 아이처럼 당신 역시 당신의 삶과 마주친 건 언제나 놀이를 통해서였지 다른 무엇을 하면서가 아니었으니까. 당신은 묵묵히 아이를 집으로 데려다준다. 아이가 간식을 먹고 수다를 떠는 사이 날이 점점 저물어간다. 아이는 수없이 자신을 부르고 다그치는 소리를 듣

고서야 피아노 앞으로 간다. 영혼 속에 죽음이 깃든다. 매번 똑같은 코미디가 반복된다. 부모와 아이 사이에 벌어지는 코미디. 아이가 나아갈 길을 조금씩 구상해가는 이들과 졸지에 전원 속으로 사라지는 아이. 걷는 부모와 춤추는 아이. 간혹 부모가 다투기도 한다. 애가 하고 싶어 하는 대로 놔둬요. 그러다가 이 애는 아무것도 못 하고 말걸요. 그사이 아이는 슬쩍 내빼고 만다. 하지만 부모가 한패가 되어 맹렬한 기세로 언성을 높일 때도 있다.

아이는 피아노 앞에 와 앉는다. 끝까지 투항을 거부하다 마지막 순간에 이르러서야 흰 건반과 검은 건반을 두드린다. 처음에는 주저하듯 연주한다. 말을 더듬듯 손가락을 더듬는다. 악보 위로 곧은 시내가 흐른다. 맑고 투명한 노래의 시냇물이다. 눈앞에 놓인 시내와 하나가 되어야 하는데 그러려면 아직 먼 길이다. 악보와 손, 자신과 자신 사이의 거리가 그토록 멀다니 끔찍한 일이다. 첫 건반이 눌러지는 순간 모든 게 주어지지 않는다면, 완벽한 게 아니라면 끔찍한 일이다. 시작은 절름발이이다. 마지막에 이르러서는 우아함이 깃든다. 이 둘 사이에서 정신은 필연적으로 성장하지만 학습의 성과나 지속성은 오락가락한다. 시작과 끝은 동시에 주어진다는 걸 우린 나중에야 알게 된다. 아이의 서투름과 신의 경쾌함, 꽃과

열매는 전혀 다르지 않다는 걸 훨씬 뒤에야 알게 된다. 우아함이 우리의 서투름을 몰아내는 게 아니다. 우아함은 서투름을 완성한다. 두 개의 음이 떨리는 순간 음악은 이미 환한 빛을 발하며 그곳에 있다. 미약한 시작 속에 성취되어 있다. 그다음은 단순하다. 잇따르는 습득은 아무것도 아니다. 음악이 자신에게 오도록 내버려 두면 된다. 느린 걸음으로. 날마다 조금씩 더 가까이. 황금 말인 음악을 길들이는 것이다. 당신의 손가락으로 그에게 먹이를 주는 것이다. 당신은 건반 위로 숙여진 아이의 등을 바라본다. 우리가 모르는 세계에 — 울타리 훨씬 저편, 악보 훨씬 저편에 존재하는 — 맞서기 위한, 자신을 알아가기 위한, 고된 작업이다. 배운다는 건 무엇일까? 연주하는 법을 배우고 살아가는 법을 배운다는 건 무엇일까? 자신의 가장 근원적인 부분을, 더없이 생생하고 반항적인 무언가를 건드리는 게 아니라면 말이다.

날이 가고 달이 간다. 이제 그 애는 당신을 부르지 않는다. 그럴 필요가 없다. 일요일에는 당신이 있고 말이 있다는 건 기정사실이니까. 당신은 그곳에서 그 애를 다시 만난다. 당신은 담배를 한 대 피우며 그 애를 바라본다. 여덟 명, 열 명의 아이들이 말을 타고 있다. 무엇보다 그 애가 거기 있다. 흰 말을 탄 그 애의 얼굴은 환한 빛을 발한다. 그 애를 향한 당신의 숭배는 무조건적이다. 당신은 그 애의 표정 하나하나를 점점 더 열렬히 숭배한다. 글로 옮겨본들 소용없는 일이다. 글을 통해 자아를 초탈해 세상을 포착함으로써 경외심은 오히려 더 커갈 뿐이다. 당신은 승마장 주변에서 무수한 사념에 젖지만 그 사이에도 당신의 시선은 타박타박 걷는 말들에게서 떠나지 않는다. 저마다 성깔이 다르고 이름도 다른 말들이다. 그 애는 당신이 그곳에서 자신을 보고 있다는 사실이 몹시 즐겁다. 놀이에 몰두해 있는 그 애의 입에서 아이들이 어김없이 내지르는 소리가 간간이 터져 나온다. 땅이 하늘에 대고, 하늘이 땅에 대고 청하는 소리. 사방에 외쳐대는 구걸의 한마디, 진정한 한마디. 날 봐요, 날 좀 봐요. 놀이에 몰두한 아이들은 중대한 위기에 처한 순간 그렇게 외친다. 자신들에게 영광과 영예가 돌아가기에 합당하다고 판단되는 순간이기도 하다. 날 봐요, 날 좀 봐요. 당신은 생각한다. 말(馬)들도 그렇게 애원하지. 나무들도, 미친 사람들도, 가난한 사람들도. 시간을, 잠깐 동안의 시간을 통과해가는 모두가 그렇다. 사방에서 애원하는 목소리가 들린다. 사랑받고 인정받는 영광을 애타게 구하는 소리. 사방에 무기력한 망명 생활이, 타인의 시선이라는 진정한 거처에 대한 갈구가 존재한다. 날 봐요, 날 좀 봐요.

승마 연습장 앞에서 당신은 그런 생각을 한다. 집세를 내고 원고를 쓰고 신발을 수선해야 한다는 다른 생각들도 뒤섞여 든다. 머릿속 생각들이 눈앞의 사물들처럼 무어라 규정할 수 없이 무한정 이어진다. 그렇게 시간은 가고, 일요일의 일과도 변함없이 지속된다. 한 해가 가고 두 해가 간다. 어느새 피아노는 사라지고 없다. 아니, 늘 그렇듯 그 자리에 놓여 있지만 아이는 더 이상 그것을 찾지 않는다. 아이는 계약을 맺은 상태다. 나는 악기를 두 가지나 하고 있어요. 플루트, 피아노. 그건 너무해요. 검은 무덤 같은 피아노는 버리고 맑은 샘물 같은 플루트만 곁에 둘래요. 매일 연습하겠다고 약속해요. 대신매주 일요일은, 일요일 낮 시간은 말과 함께 있을래요. 아이는 약속을 지킨다. 음악 수업이 덜 괴로워진다. 부모의 잔소리와 꾸지람은 여전히 그치지 않지만 그래도 참을 만하고 빈도도 점점 줄어든다. 아이는 이제 악기를 썩 잘 연주한다. 현도, 건반도, 등받이 없는 의자도 없다. 그저 공기가, 공기를 품은 갈대 하나가 손가락들 사이에 있을 뿐. 이 플루트가 작은 말과는 더 잘 어울린다. 책이나 행복처럼 피아노 역시 생긴 지 얼마 안 되는 최근의 발명품이다. 세상에 피아노나 책, 행복이 항시 존재했던 건아니다. 하지만 말과 정령, 갈대밭의 바람은 언제나 있어

왔다. 태초부터, 아시아의 초원과 광막한 숲과 푸른 호수에서 신이 탄생한 무렵부터.

일요일은 언제나 말 다음에 플루트, 라는 분명한 일과로 구분되어 이어진다. 그러고 나면 목욕과 식사, 취침이다. 그런 식으로 이제 3년의 세월이 흐른다. 아이는 자란다는 것을 당신은 잘 알고 있다. 언젠가는 그 애를 보는 시간이 점점 줄어들 테고, 그러다가 더는 볼 수 없게 될 것이다. 언젠가는 흰 말도 검은 ― 피아노보다 더 검은 ― 풀밭으로 가 잠들 것이다. 그것 역시 당신은 알고 있다. 그렇다고 그 일요일들의 이야기가 퇴색하는 것은 아니다. 좀처럼 글로 옮길 수 없는, 영원불멸의 이야기이다. 그렇다. 모두가 변할 것이다. 아이도, 말도, 당신 자신도. 그래도 빛은, 그 일요일들의 황홀한 빛은 그대로다. 빛은 그 목소리로부터 온다. 온전한 결핍으로 환히 빛나는 목소리. 날 봐요, 날 좀 봐요. 광기에 들린 작은 말이 이 헐벗은 목소리를 밟고 하얀 마음속을 질주한다.

약속의 땅

Terre promise

당신은 여행을 거의, 아니 전혀 하지 않지만 그래도 기차를 타게 되는 날이 있다. 역은 비즈니스맨들로 붐빈다. 무표정한 사람들. 당신은 그들을 멀리서도 알아본다. 같은 사람을 수십 명 찍어낸 것 같다. 젊지만 낡은 언어를 쓰는 그들의 미래는 방부처리 되어 있다. 당신은 좀 두려운 마음으로 그들을 바라본다. 아이들이 침울한 목소리를 지닌 메마른 노인들을 바라볼 때 그러듯. 기차가 도착한다. 비즈니스맨들이 자신들의 편의를 위해 고안해낸 고속열차 중 하나다. 일직선으로 죽 뻗은 화사한 기차. 들판을 고르고 그 주름살과 억양, 신경을 비워내는 차가운 바람의 손이다. 들판은 시선으로부터, 사람들과 짐승들로부터 외면당한다. 저 아래 땅뙈기들은 속도라는 개의 먹이로 던져진다. 이제 풍경은 어서 지나가기만 하면 되는, 없는 거나 마찬가지인 것이 되어버린다. 무(無)나 다름없는 풍경 앞에서 당신은 대량생산된 인간, 부재하는 인간을 알게 된다. 파리에서 도쿄로, 도쿄에서

뉴욕으로, 전산화된 세상을 두루 누비고 다니는 이 사람은 이미 죽어 떠도는 시신 같다. 그는 기차를 탄다. 한 지점에서 다른 지점으로, 무에서 무로 가는 기차를 탄다. 조급한 그의 태도에서 공허가 배어난다. 그가 아무리 말을 많이 해도 그의 귀에 들리는 건 자신의 목소리뿐이다. 아무리 멀리 가도 그는 자신밖에 보지 못한다. 그는 자신이 지나가는 모든 것에 잿빛 얼룩을 남긴다. 그는 모든 것을 수면 상태에서 본다.

쉴 새 없이 여행을 다니지만 실은 한 발짝도 움직이지 않는 사람들, 이라고 당신은 생각한다. 한 발짝도 전진하지 않는 사람들이다. 무언가를 제대로 보려면 상반되는 대상을 접해야 한다. 이제까지 당신은 그런 식으로만 무언가를 볼 수 있었다. 어둠을 통해서만 빛으로 나아가며, 무심을 통해서만 사랑에 이른다. 호화열차나 야간 비행기를 타는 이 사람들을 두고도 같은 말을 할 수 있다. 돈이라는 동일한 가치를 추구함으로써 무가 되어버린 이들을 보면서 당신은 또 다른 유형의 인간을 발견한다. 어느 누구에 의해서도 길들여지지 않는 사람이다. 이 사람은 훨씬 멀리, 세상 끝까지 간다. 그는 자신의 자리를 찾지 못한 복잡한 사람이다. 과다한 유년기와 과다한 허기에 시달리는, 위로받을 길 없는 사람이다. 그의 얼굴에는 천 개의 하늘이 드리워져 있다. 그의 심장은 모든 목소리를 담고 있다. 그렇게 두 유형의 인간이 존재한다.

우선 아무리 많은 출장을 다녀도 움직이지 않는 이 사람에 대해 말해보자. 그는 세상에서 한 자리를 차지하며 오로지 이 자리와 하나 되기 위해 일을 한다. 거기서 그는 차가운 물질, 죽은 언어를 캐낸다. 이성과 야심과 힘을. 그는 자신이 종사하는 직업에 안주하는 만큼 도덕적으로도 불편함이 없고 애정 생활이나 은행 계좌도 안전하다. 그가 무슨 말을 하건 동일한 말의 반복일 뿐이다. 그는 자신의 질환을 사방으로 퍼뜨린다. 어느 시대나 존재하는 그는 사방에 존재한다. 비즈니스맨은 존재감 없는 창백한 인간이 변모를 거듭한 끝에 띠게 된 양상, 가장 최근에 갖게 된 모습이다. 창백한 인간은 사교적인 인간이며, 자신의 유용성을 확신하는 유용한 인간이다. 그는 미약하기 그지없는 정체성을 지닌다. 즉 만사를 원상태로 보존하는 데서, 사회생활이라는 끝없이 반복되는 거짓과 하나 되는 데서 자신의 온전함을 찾는다.

그렇다면 또 다른 유형의 인간은 어떤가. 그는 무용한 인간이다. 신기할 만큼 무용하다. 그는 손수레를 발명한 사람도, 신용카드나 나일론 스타킹을 발명한 사람도 아니다. 그는 절대로 무얼 발명하거나 하지 않는다. 세상에 무엇 하나 보태지도 감하지도 않는 사람이다. 그는 세상에서 물러난다. 아니, 자신이 세상에서 물러났음을 안다. 결국 같은 말이기는 하지만 말이다. 그런 사람이 드문드문 눈에 띈다. 생각이라는 가축 떼를 몰고 가는 사람이다. 그는 온갖 언어로 꿈을 꾼다. 이런 사람은 멀리서도 알아볼 수 있다. 그는 사막의 거주자들, 그 푸르른 사람들을 닮았다. 몸은 태양 빛을 가려주는 천으로 물들고심장은 파랗게 굳어 있는 사람들. 활활 타오르며 반란을충동질하는 그의 모습이 여기저기서 눈에 띈다. 그가 쓰는 책을 통해서도 그를 알아볼 수 있다. 당신이 책을 읽는 건 바로 그 사람을 보기 위해서다. 유랑의 시간을, 잉크의 장막 밑에서 어떤 문장의 산들바람을 느끼기 위해서다. 당신은 한 책에서 다른 책으로, 이 야영지에서 저야영지로 옮겨간다. 그렇게 독서는 끝이 없다. 사랑이 그렇듯이, 희망이 그렇듯이, 실현의 가망 없이.

그러다 어느 날 파스테르나크의 『닥터 지바고』를 읽는다. 당신이 살았던 유년의 고장, 러시아에서 일어나는이야기이다. 당신은 고향 땅을, 산업화로 우울한 풍광을띠게 된 프랑스의 이 소도시를 한 번도 떠나본 적이 없지만, 아주 짧은 여행조차 겁을 내지만, 당신에게 러시아

는 평생토록 유년의 땅, 꿈의 땅이었다. 그 고요한 설경
과 양털처럼 희고 부드러운 목소리에서 어김없이 당신
의 유년기와 재회하곤 했었다. 엄청난 허기를 담고 있는
두꺼운 책, 삶을 빼닮은 그 이야기 속에는 무수한 얼굴
아래 무수한 촛불이 흔들리고 있다. 말과 몸짓, 편지. 말
(馬)과 화재. 영혼의 숲속에 나지막이 번지는 불길.

　당신은 금요일 저녁에 책을 읽기 시작해 일요일 밤
마지막 페이지에 이른다. 이제는 책에서 나와 세상으로
돌아가야 하는데 어려운 일이다. 무용한 독서에서 유용
한 거짓으로 건너가기란 쉽지 않은 일이다. 대작을 읽은
다음이면 어김없이 왠지 모를 불안과 불편한 감정에 빠
진다. 누군가가 당신의 마음속을 읽을 것만 같다. 사랑
하는 책이 당신의 얼굴을 투명하게 ― 파렴치하게 ― 만
들어놓지는 않았는지. 그런 헐벗은 얼굴로는, 행복이 고
스란히 드러난 얼굴을 하고서는 길에 나설 수 없다. 잠
시 기다리지 않으면 안 된다. 낱말들이 먼지처럼 햇빛 속
에 흩어지기를 기다려야 한다. 책을 읽은 뒤 기억나는 것
은 아무것도 없다. 한두 문장 기억이 날까? 누군가 아이
에게 성(城)을 보여준다고 하자. 아이는 세부사항만 볼
것이다. 두 개의 돌 사이에 돋아난 풀 한 포기 정도. 마치
그 성이 발하는 진정한 힘이 광기에 찬 한 포기 풀의 떨

림에서 비롯된다는 듯이 말이다. 당신은 이런 아이와 흡사하다. 당신이 사랑하는 책들은 당신이 먹는 빵과 뒤섞인다. 그 책들은 스쳐 지나간 얼굴이나 맑고 투명한 가을 하루처럼 삶의 온갖 아름다움과 운명을 같이한다. 그것들은 의식으로 통하는 문을 알지 못한 채 몽상의 창을 통해 당신 안으로 미끄러져 들어와 당신 자신은 결코 가지 않는 깊숙한 외딴방까지 교묘히 스며든다. 몇 시간이고 책을 읽다 보면 영혼에 살며시 물이 든다. 당신 안에 존재하는 비가시적인 것에 작은 변화가 닥친다. 당신의 목소리와 눈빛이, 걸음걸이와 행동거지가 달라진다.

독서가 무슨 쓸모가 있을까. 전혀 혹은 거의 쓸모가 없다. 사랑이 그렇고 놀이가 그런 것처럼. 그건 기도와도 같다. 책은 검은 잉크로 만들어진 묵주여서, 한 단어 한 단어가 손가락 사이에서 알알이 구른다. 그렇다면 기도란 무얼까. 기도는 침묵이다. 자신에게서 물러나 침묵 속으로 들어가는 것이다. 어쩌면 불가능한 일일지 모른다. 우리는 제대로 기도하는 법을 모르고 있는지도. 우리 입술은 언제나 너무 많은 소음을 담고, 우리 가슴속은 언제나 너무 많은 것들로 넘쳐난다. 성당에서는 아무도 기도하지 않는다. 촛불을 제외하고는. 초들은 피를 몽땅 쏟아낸다. 자신들의 심지를 남김없이 소모한다. 자신의 몫으로 아무것도 남겨두지 않는 그들이 자신을 고스란히 내어줄 때 이 헌신은 빛이 된다. 그렇다. 기도의 가장 아름다운 이미지, 독서의 가장 명료한 이미지가 그것이다. 싸늘한 성당 안에서 서서히 타들어 가는 초.

파스테르나크의 대작을 읽은 뒤 당신에게 남는 건 무얼까. 한 얼굴이다. 사랑하는 여자와 무수한 겨울을 떨어져 지내야 하는 한 남자의 얼굴. 어둠 속에 머무는 얼굴. 남자는 숲속 어느 외딴 나무집, 탁자 앞에 앉아 있다. 그는 편지를 쓴다. 끝이 나지 않는 긴긴 편지다. 종잇장들이 검은 잉크로 물든다. 그게 전부다. 이름들과 사건들은 잊힌다. 모든 것이 지워진다. 연못 같은 책장 아래 모든 것이 얼어붙는다. 그래도 책을 읽는 동안 당신을 휩싼 흥분은 남는다. 사라지기까지 여운이 너무 긴, 기분 좋은 무력감이다. 사랑을 나눈 뒤나 산책을 마칠 무렵 빠져드는 그런 상태. 피로감이랄 수도 있지만 특별한 피로감, 휴식이 되는 피로감이다. 책 앞에서, 자연이나 사랑 앞에서, 당신은 스무 살이나 다름없다. 세상도 당신도 막 시작하려고 한다. 당신은 꼼짝하지 않는다. 기차가 하나씩 출발하는 모습을 본다. 당신은 기차에 오르는 사람들, 비즈니스맨들, 존재감 없는 창백한 인간들을 바라본다. 그들은 기차를 기다리며 이야기를 나눈다. 돈과 관련된 따분한 이야기다. 당신은 그들 바로 곁에 있지만 그들의 목소리는 들리지 않는다. 한 소리가 그것들을 집어삼킨다. 종이 위에서 사각대는 펜 소리. 글 쓰는 이가 무슨 일에 끝없이 몰두해 있는 듯, 소리가 쉴 새 없이 들려온다. 약속의 땅 러시아, 작은 나무집 위로 내리는 눈처럼, 들릴 듯 말 듯 희미한 소리다.

숨겨진 삶

Vie souterraine

그녀는 글을 쓴다. 온갖 색깔의 노트에다, 온갖 피로 만들어진 잉크로. 글은 밤에 쓰는데, 그렇게밖에 할 수 없다. 장을 보고, 아이를 씻기고, 아이의 학과 공부를 돌봐준 뒤이다. 그녀는 저녁상을 치운 뒤 같은 식탁에서 글을 쓴다. 밤늦도록 언어 속에 머무른다. 아이가 깜박 잠이 들거나 놀이에 빠진 사이, 그녀가 먹이는 이들이 그녀에 대해 아무것도 알 수 없게 된 순간에 글을 쓴다. 이제 아무도 침범할 수 없는 그녀 자신이 되어 있는 순간 그녀는 홀로 종이 앞에 앉는다. 영원 앞에 나와 앉은 가난한 여자이다. 수많은 여성들이 얼어붙은 그들의 집에서 그렇게 글을 쓴다. 그들의 은밀한 삶 속에 웅크리고 앉아. 그렇게 쓴 글들은 대부분 출간되지 않는다.

내 삶은 고통이에요. 낮엔 삶이 나를 죽이지만 밤이면 내가 삶을 죽여요. 나는 여왕이 될 거라 기대했는데 이제는 구걸밖에 할 줄 모르지요. 근사한 사랑을 하며 살려 했는데 추한 상처를 입고 죽어갑니다. 그렇긴 해도 난 이곳에 무사히 존재해요. 피폐해진 내 삶 속에 온전히 존재하는 내 생명 탓에 고통스럽습니다. 나는 성근 잎사귀들 속에 넘쳐흐르는 노래로 죽어갑니다.

그녀는 장님처럼 자신의 삶 속으로 들어간다. 봄을 향해 가듯 글쓰기 속으로 들어간다. 당신에게 간혹 노트를 보여주기도 한다. 한 문장 한 문장이 마치 펜싱 칼처럼 당신의 마음을 건드린다. 뾰족한 칼끝이 당신의 시선 속으로 놀랄 만큼 깊숙이 파고든다. 당신을 감동시키는 그건 수수께끼이다. 거기에 있으면서 동시에 다른 곳에 존재한다. 어느 날 그녀는 글을 쓰지만, 다른 날은 더는 쓰지 않는다. 이 두 번째 날이 몇 년이고 지속된다. 마지막으로 태어난 아이가 이 시기를 차지한다. 그녀는 잉크병에 든 우유를 쏟고 백지로 아이의 몸을 감싼다. 그녀는 일체의 문장을 아이에게 양보한다. 아이는 그것들로 그림자놀이를 하고, 소리를 지르고, 웃는다. 그것들을 가지고 안 하는 게 없다. 그녀는 아이에게 자신의 가장 소중한 재산인 목소리를 내어준다. 그것이 아이에게는 놀랄 만큼 유연하고 고분고분한 장난감이 된다. 그녀는 아이에게 모든 걸 내어줌으로써 아이와 하나가 된다. 노트와 고독과 침묵, 이 모두를 준다. 그녀는 하루하루 피로가 눈덩이처럼 불어나는 모습을 지켜본다. 그리고 미소 짓는다. 그것을 행복이라고 말할 수 있을지도 모른다. 특이한 유형의 행복이다. 고통을 막을 수 없는 행복, 활개 치는 좌절감에 제동을 걸 수는 없는 행복이다. 검은 물가에 서 있는 한 줄기 갈대.

그녀는 밤늦도록 아이를 보살피며 근심의 짐을 내려놓지 않는다. 그녀에게 다가오는 모든 이들에게 그렇게 마음을 쓴다. 유년기부터 몸에 밴 방식, 천성보다 강한 제2의 천성이다. 온전한 상실인 사랑. 그것이 그녀가 사랑하는 방식이고 그녀가 아는 유일한 사랑이다. 모든 것이 끝나고도 살아남는 사랑, 사랑이 지나고도 살아남는 사랑이다. 아이는 그녀의 에너지를 받으며 자란다. 첫걸음을 떼고 첫마디를 내뱉는다. 그리고 학교에 간다. 그녀는 다시 노트로 돌아온다. 처음에는 천천히, 남의 눈을 피하는 사람처럼, 잘못을 들키지 않으려는 듯 슬그머니. 노트의 첫 페이지에는 아이의 사진들을, 이어지는 페이지에는 그림 쪼가리를 붙인다. 때로 좋아하는 책에서 발췌한 문장을 올리기도 한다. 독서의 샘물에서 건져 올린 조약돌 하나. 그러다 그림은 점점 줄어들고 글이 늘어난다. 인용문들이 여전히 눈에 띈다. 이따금 그녀가 그것들을 고쳐 쓰기도 하는데, 그녀의 표현을 빌리면 '교정'을 본 것들이다. 저건 폴 엘뤼아르의 글에 교정을 본 것이고, 저건 아폴리네르의 글인데 역시 교정을 보았다고. 그녀는 단어 하나를 바꾸고 방점 하나를 제거함으로써 산뜻함이 더 살아나도록 한다. 회복기가 이어지고 이식은 성공적으로 이루어진다. 그녀는 우선 다른 이들의 목소리에 뒤덮인 자신의 목소리를 조금씩 되살려낸다. 그러다 결국 그녀 자신의 말만 쓴다. 혼자 노래하듯이. 절망과 웃음이 함께한다. 옆방에는 아이가 얕은 잠에 빠져 있다. 얼마 안 가 아이는 그녀를 떠날 것이고 사랑이 그녀를 죽이고야 말 것이다. 꿈을 꾸듯 그녀는 글을 쓴다. 부재하기에 더 생생하고, 작열하기에 더 투명한 삶을 꿈꾸듯. 아이는 이 삶으로 들어오지 않는다. 남편도, 그녀 자신조차도. 우리가 가지지 못했지만 단 하나뿐인, 그런 삶이다. 그녀가 글을 쓰는 것은 그 삶을 가지기 위해서이다. 그녀는 일상의 빵을 얻기 위해 글을 쓴다. 절대로 거저 주어지지는 않는 빵이다. 잉크라는 밀로 빚은, 빛과 침묵의 빵.

당신은 그녀에게 반하듯 그녀의 문체에 반한다. 둘은 같은 말이다. 흰 종이와 붉은 드레스 밑에서 같은 강물이 흐른다. 그녀는 전설의 거울 앞에 앉듯 언어 앞에 앉는다. 어린 시절 그녀는 물웅덩이에 비친 하늘을 응시했었다. 지극히 평범한 한 줄기 빛에도 마음이 홀리곤 했었다. 그녀가 글쓰기에서 발견하는 것이 그것이다. 독서에서 발견하는 것이 그것이다. 그녀는 많은 책을, 소설을 읽는다. 책은 샘물 같다. 그녀는 그곳에 얼굴을 갖다 대고 식힌다. 독서와 글쓰기는 조금도 다르지 않다. 책을 읽는 그녀는 그 책의 저자이다. 하지만 작품 수준이 고르지 못한 저자도 있기 마련이어서 그녀는 읽던 책에 싫증이 나기도 한다. 힘들고 버거운 꿈속을 헤매는 것 같은 책. 그래도 그녀는 얼마나 온순한 여자인지, 그녀의 부모가 그녀 안에 얼마나 온순한 순종심을, 황당한 의무감을 심어놓았던지, 그녀는 마지막 페이지까지 책을 놓지 않는다. 나쁜 남편을 버릴 수 없듯이 나쁜 책이라고 도중에 팽개칠 수는 없다. 그녀는 마지막 페이지까지, 시간이 소진될 때까지, 책을 손에서 놓지 못한다. 아직도 소설이냐고, 남편은 놀라곤 한다. 그녀는 입을 다문다. 그 물음에 답하려면 왜 소설을 읽는지, 하는 의문에 먼저 답해야겠기에. 왜 여자들이 그런 기벽에 열중하는지, 독서에 시간을 낭비하는지 말이다. 내가 책을 읽는 건, 고통이 제자리를 찾게 하려는 거예요, 라는 진정한 답변을 이해할 사람이 누굴까.

내가 책을 읽는 건, 보기 위해서예요. 삶의 반짝이는 고통을, 현실에서보다 더 잘 보기 위해서예요. 위안을 받자고 책을 읽는 게 아닙니다. 난 위로받을 길 없는 사람이니까. 무언가를 이해하려고 책을 읽는 것도 아니에요. 이해해야 할 건 하나도 없으니까. 내가 책을 읽는 건 내 삶 속에서 괴로워하는 생명을 보기 위해섭니다. 그저 보려는 겁니다.

그렇다, 우선 이 의문을 해소해야 한다. 여자들의 삶 속에는 고통이 도사리고 있다. 그들이 다림질을 하고 잠자리를 정리하고 창문을 열고 감자를 깎을 때 그들의 다리 사이로 슬며시 빠져나가는 한 마리 고양이처럼. 이 고양이는 때로 그들의 심장을 낚아채 멀리 내던져 굴러가게 하다가 다시 발톱 사이에 움켜쥐고 죽어가는 생쥐처럼 갖고 논다. 그렇게 녀석은 여자들의 삶 속에 도사리고 있다. 그들을 가만 내버려 둘 때조차도 말이다. 그들은 녀석이 거기 구석진 곳에 숨어 있다는 걸 안다. 절대로 녀석을 잊지 않는다. 기쁨을 느낄 때마저 녀석의 숨소리를 듣는다. 숲속에서 들리는 온갖 소리 가운데 샘물의 노랫소리를 어렴풋이 감지해내듯. 남자들은 고통이 자신들 안에 머물도록 내버려 두지 않는다. 고통을 간파했다 싶으면 곧 거칠게 화를 내거나 공들여 쫓아내 버린다. 반면 여자들은 굶주린 고양이 같은 고통을 받아들인다. 되살아나려면 그들을 파괴할 필요가 있는 고양이이다.

그들은 꿈쩍하지 않는다. 되는 대로 내버려 둔다. 그리고 고통으로 정지된 이 시간을 메우려고 책을, 소설을 편다. 여전히 소설이다. 거기서 그들은 각각의 나날 속에 내재된 그것을 발견한다. 희망과 영락, 근심과 은총, 살아감의 영원한 상처를. 그리고 모두로부터 쫓겨나 그곳에 받아들여진, 야윈 몸으로 책장 위에 누워 잠이 든 고통의 검은 왕자인 가엾은 고양이를.

수첩에 무언가를 적거나 거울 속에서 무언가를 읽고 있지 않을 때 그녀는 다가오는 사람들을 바라본다. 그녀는 그들에게 뜨겁고도 차가운 태도로 대한다. 그러면서 자신도 모르게 그들을 매혹한다. 그런 무지로 매혹한다. 그녀는 누군가의 마음에 드는 것이 귀찮은 것 같다. 당신에게도 그녀 자신에게도 지친, 만사에 지친 모습이다. 존재하면서도 부재한다. 그녀는 어둠 속에서 유년기를 향해 돌아서 있다. 스무 살 적에는 검고 긴 머리의 여자였다. 어깨 위로 강물이 흐르고 유순함을 갑옷처럼 둘렀던 여자였다. 휴면 중인 노트 안에서 그녀가 찾는 것이 아마도 그것이다. 예전의 얼굴, 열린 이미지이다. 검은 잉크를 쏟아내리는 말들의 빗. 아마도 그것이거나 아니면 다른 것. 혹은 아무것도 없는지도.

글을 쓰기 위해 필요한 것은 거의 없다. 가난한 삶만 있으면 된다. 너무 가난해 아무도 원치 않는 삶, 신 혹은 사물들을 피난처로 삼는 삶이다. 그곳에는 무(無)가 차고 넘친다. 왁자지껄한 소음과 수많은 문들로 이루어진, 자체의 풍문들로 길을 잃은 삶과는 반대되는 삶이다. 그런 삶들을 가지고는 제대로 글을 쓸 수 없다. 그런 삶에서는 말할 거리가 하나도 없으니까. 우리는 오로지 부재 속에서만 제대로 볼 수 있고, 결핍 속에서만 제대로 말할 수 있다. 구걸하는 이 여인의 순결한 얼굴을 보려면 노트를 한 장 한 장 넘겨볼 수밖에 없다. 저녁 시간 차곡차곡 쌓이는 그 글들을 바라볼밖에. 어린아이의 잠 속에서 불어나는 엄청난 유산이다.

가라 요나, 내가 널 기다린다

Va Jonas, je t'attends

두 소녀가 당신 앞에서 걸어간다. 열 살 난 소녀들이다. 둘은 빌라가 늘어서 있는 곳을 지나 황량한 땅을 걷는다. 바람이 그들의 머리를 헝클어뜨리고 그들의 말을 흐트러뜨린다. 대양에서 불어온 바람이다. 수백 개 도시와 길을 당당히 지나며 나무들을 휘게 하고 울타리를 뿌리째 뽑고 덧문을 쾅 소리 나게 닫았던 바람이다. 그 바람이 이제 이곳에서, 열 살 왕국에 사는 친구인 두 아이의 얼굴 위에서, 자신의 온전한 힘을 찾는다. 바람은 여기서 그들을 발견할 때까지 큰 사랑과 인내심을 발휘하며 아주 꾀바르게 처신해야 했었다. 그런 바람이 으스스한 별장들 사이로 사방을 찾아 헤매다 마침내 이곳 공터에서 그들을 찾아낸 것이다. 평소에 여기 오곤 했던 아이들은 아니었다. 이 대양 같은 적토(赤土)를 밟고 걷던 아이들은 아니었다. 굴착기가 갈아엎고 폭풍우가 헤집고 간 점토질 땅, 무한의 잔해. 아이들에게 걸맞은 산들과 아이들이 놀기에 제격인 구덩이들도 있다. 당신 앞에 두 소녀와 바람이 있다. 거칠게 몰아치는 바람을 맞으며 웃느라 두 소녀는 숨이 막힌다.

당신 뒤로는 나지막한 담장으로 둘러싸인 주택들과 낯익고 황량한 풍경이 펼쳐져 있다. 비슷비슷한 빌라들이다. 똑같은 돌담과 똑같은 지붕이다. 새장 속의 목초, 온순한 풀잎 같은 똑같은 녹색 정원이다. 은행 소유의 주택단지. 낙천적인 관리자들이 매 구획을 매도하고, 얼굴에 웃음이 만면한 세일즈우먼들이 면적과 채광, 편의시설 등등의 목록을 일일이 열거했던 곳. 젊은 부부들이, 앞으로 태어날 아이의 이름을 지을 때 그렇듯 정성을 다해 도면을 살펴보고 각 방의 용도를 꼼꼼히 따져보았었다. 내 책상은 이쪽에, 아이들 방은 이층에, 멜랑콜리는 사방에, 하면서. 빌라 단지는 한 철이 지나자 모습을 갖추었다. 사람들이 종종 아이들에게 바라듯 무탈하게, 스토리도 생명도 없이 자라났다. 비가 몰아친 건 그다음 일이다. 눈에 띄지 않는 비, 시멘트와 돈 가루, 새 방마다 감도는 숨 막히는 공기, 20년 상환의 대출금. 단지 사이로 난 도로들은 꽃 이름이나 작가의 이름을 달고 있다. 위조화폐 같은 이름들, 새로 지은 낡은 옷들이다.

아이들은 이 이름에서 저 이름으로 건너가며 담장들 사이를 가로지르다 저녁 먹을 시간이면 흩어진다. 그러다 밤이면 다시 돌아와 차도에 앉거나 사방을 쏘다닌다. 단단한 땅 위를 종종대는 새 떼 같다. 은행도, 은행 빚을 갚기 위한 골칫거리도, 아이가 자신의 보화를 마음껏 소모하는 것을 막지는 못한다. 두 소녀는 공터를 걸어간다. 바람이 너무 강해 당신 쪽으로 얼굴을 돌릴 때도 있다. 추위와 기쁨으로 얼얼해진, 당신에게는 수수께끼처럼 보이는 얼굴이다. 이 얼굴은 단지 아이들의 이름만은 아닌 한 이름을 가지고 있다. 건축가들과 젊은 부부들과 은행가들이 등을 돌린 땅, 바람을 제외한 모두로부터 버림받은 땅의 이름이기도 하다. 도로명과도 무관한 이름, 먼 훗날 바람이 당신에게 속삭이게 될 이름이다. 어느 독서라는 빈터에서, 신이 쓴 절망의 책 — 붉은 음성의 대양인 성서 — 을 기화로 말이다. 삶 속에서 일어나는 신에 대한 첫 깨달음은 유년기의 첫 양식과 함께 삼켜지는 쓰고도 달콤한 경험이다. 아이는 신을 핥고, 마시고, 두드린다. 신에게 미소 짓고, 신에게 대고 소리를 지르다가 신의 품 안에서, 그 어둠의 공동에서, 포만감에 싸여 잠이 든다. 갓난아이들에게는 허락되어도 성직자들은 거부당하는 깨달음, 즉각적인 깨달음과 무관한 편협한 인식으로 신을 아는 사람들에게는 허락되지 않는 깨달음이다. 성서를 읽을 때 우리는 이 사람들과는 멀찌감치 떨어져 있다. 한 문장, 혹은 두 문장이면 족하다. 폭풍우 속에서는 책을 제대로 읽을 수 없는 법이다. 바람이 뒤흔들고 간 페이지들, 더없이 근사한 부재의 숨결로 뒤틀린 페이지들에서는 한두 줄 이상을 읽을 수 없다. 성서를 읽는다는 건 당신의 독서 체험에서, 폐허 속에 묻힌 이 삶에서, 절정의 순간을 의미한다. 그 대척점에 신문 읽기가 있다. 그것은 움직임 없는 어둡고 굼뜬 독서이다. 반면에 성서를 읽는다는 것은 흰빛이 차고 넘치는 경험이다. 당신이 신문을 빠짐없이 낱낱이 읽을 수 있는 건 그 안에 본질적인 것이라고는 하나도 없기 때문이다. 당신은 위정자의 얼굴에서 운동선수의 다리로, 남아메리카에서 중국의 오지마을로, 달러화 환율에서 실업률로 눈길을 주며 차근차근 읽어나간다. 신문 읽기는 진지한 행위이다. 진지한 모든 일이 그렇듯 삶에는 영향을 미치지 못한다. 그러나 성서는 다르다. 성서의 한 문장은 무수알코올 한 방울, 천사들의 눈물 한 방울과 같다. 책을 펴고 책장 속 어딘가를 짚으면 손가락 밑에는 물고기나 양 한 마리, 야자수 한 그루가 있다. 책을 읽는 순간 당신은 당신의 삶으로부터 삶 자체로, 단순 현재에서 완료된 현재로 건너간다.

성서 속에는 신이 있다. 아니, 신밖에 없다. 그는 쉴 새 없이 이야기한다. 말과 무언(無言)으로, 벼락으로, 청량한 사월 아침의 산들바람으로, 속삭이는 밀 이삭이나 구슬픈 소 울음소리로, 거품이 이는 파도나 타오르는 불길로, 세상의 온갖 물질로 이야기한다. 성서에서는 신이 신에게, 한순간도 멈추지 않고 이야기한다. 성난 목소리, 웃음 짓는 목소리, 분노로 가라앉은 목소리, 호통치느라 쉰 목소리로. 성서에서는 신이 신에게 이야기하느라, 소 귀에 경 읽기 식 이야기를 하느라 지쳐 있다. 그래도 그는 호소를 멈추지 않는다. 얼마나 큰 고독이며 얼마나 큰 사랑인지, 상상조차 할 수 없다. 책에 손이 가 닿는 순간 당신의 생각은 산산조각 나고 오로지 눈만 남아 글자를 더듬으며 타오른다. 어떻게 그렇게 혼자이면서 죽지 않을 수 있을까. 어떻게 그토록 오래전에 죽었으면서 아직 이곳에 머무를 수 있을까. 세상이 존재한 첫날부터 얼마나 많은 에너지와 얼마나 큰 사랑이 낭비된 걸까. 어떻게 그게 가능한 걸까. 성서에선 바람이 바람에게 말한다. 바람은 너무 혼자이지 않으려고 자신에게 이야기한다. 한 목소리의 호수 위로 부는 신의 바람, 물 위를 걷는 바람, 집 안으로 들어오는 바람이다. 바람이신 하느님, 하느님이신 숨결.

어느 날 그는 요나에게 말한다. 이 도시 사람들에게 가라고, 내가 그들을 더는 못 참겠다는 말을 전하라고, 내 마음이 몹시 무거우며 내 피가 새카맣게 타들어 간다는 말을 전해달라고. 가라 요나, 내가 널 기다린다. 하지만 요나는 그런 메시지를 전달할 생각이 없다. 청천벽력 같은 이 말을 가슴속에 담고 싶은 마음이 없다. 그래서 그는 배에 오른다. 신에게서 달아나려고 한다. 그게 가능하지 않다는 걸 잘 알고 있지만 그래도 시도해본다. 적어도 시도는 해볼 참이다. 그러자 바다 위로 바람이 일며 광란에 빠진 물 위에서 배가 요동친다. 선원들이 말한다. 이 배에 탄 누군가가 죽음의 개들을 몽땅 불러 모으고 있다고. 그러니 우리도 위험하다고. 그를 떼어놓아야 한다고, 그 사람을 물속으로 던져야 한다고. 요나는 자신의 사정을 털어놓는다. 신이 신에게 하는 맹세, 모든 걸 절멸시켜버리겠다는 이 맹세를 외면하고 싶다고. 그러자 선원들은 요나를 물에 던진다. 때마침 그곳을 지나가던 고래 한 마리가 요나를 집어삼켜 요나는 고래 배 속에서, 어둠의 세계에서, 사흘 낮 사흘 밤을 보낸다. 고래 배 속에서 요나는 노래를 부른다. 어둠 속에선, 동굴처럼 캄캄한 배 속에선, 노래를 부르는 수밖에 어쩔 도리가 없다. 결국 그는 동의한다. 나의 시도를 포기한다고 말한다. 그곳에 가겠다고. 그 사람들에게 당신의 진노를, 그들이 받을 벌을 이야기하겠다고. 요나는 신의 메시지를 전한다. 그 도시 사람들에게 말한다. 당신들은 이제 가망이 없다고. 완전히 손쓸 수 없게 되어, 자신들이 그렇다는 것조차 모른다고. 난 그 사실을 당신들에게 전하러 왔다고. 바람이 내 목소리를 빌려 당신들에게 말한다고. 이 바람이 내일 당신들의 집과 은행과 처량한 행복, 재의 정원을 덮칠 거라고. 요나는 이 모든 말을 내뱉은 뒤 흡족하고 홀가분한 마음으로 떠난다. 자신의 임무를 완수한 것이다. 사람들은 이 말을 믿는다. 이젠 글렀다고 생각한다. 신은 결심을 철회하지 않을 것이다. 이번에야말로 끝장이다. 그러자 그들은 하던 일을 멈추고 사무실을 나오며 거리로 내려와 기약 없는 삶, 은총의 삶, 다시 말해 신과 합류한다. 이 지점에서 기막히게 아름다운 장면이 연출된다. 성서 속 도처에서 발견되는 장면이기도 하지만 말이다. 모순된 하느님, 체념한 이 사람들을 보며 마음이 약해지신 하느님, 애초에 의도한 바를 물리시는 하느님, 분별 있는 하느님을 부정하는 미친 하느님이다. 바람이 갑자기 멈칫하는 모습이 보인다. 바람은 불쑥 방향을 바꾸어 양손으로 두 소녀의 얼굴을 감싸며 넘쳐흐르는 빛과 유년의 자취에 무릎을 꿇는다. 바람은 일체의 난폭함을 거두어들이고 유순한 힘만을 간직한다. 그리고 나보다 더 강한 하느님이 있다, 고 말한다. 뉘우이신 하느님보다 더 강한 하느님, 번개이신 하느님보다 더 성스러운 하느님이라고. 바람은 두 소녀 앞에서 광인처럼 웃으며 고개를, 고개를 숙인다. 황량한 땅, 조나스* 가(街), 발렌느** 단지에서 길을 잃은 열 살 난 두 아이 앞에서.

---

* 요나는 프랑스어로 Jonas이고, 조나스로 발음한다.
** baleine. 프랑스어로 '고래'를 의미한다.

인터뷰

L'entretien

어둠 속에서 들리는 목소리다. 어둠을, 그지없이 치밀한 어둠을 몰고 오는 목소리다. 밤보다, 낮의 잠정적인 부재보다 더 짙은 어둠. 책 읽는 사람의 눈 위로 검은 피의 장막이 드리워진다. 그의 영혼 속으로 검은 목소리가 밀물처럼 밀려든다. 한마디 한마디가 이어진다. 파도가 차례로 밀려온다. 목소리가 꿈속에서 전속력으로 솟구친다. 목소리는 책을 읽는 이의 꿈보다 더 빨리 달린다. 은신처에, 단단한 땅에 다다르고 싶은 어린아이의 꿈보다 더 빨리. 책은 순식간에 사라진다. 책은 옛 가락을, 어린 시절의 멜로디를 더는 연주하지 않는다. 나무들 속에 자리한 이 책의 집은 더 이상 푸른 하늘을 향해 열려 있지도, 보호막이 되어주지도 않는다. 첫 페이지부터, 첫 문장부터, 검은 목소리에 의해 집어삼켜진 집이다. 우리는 더 이상 책을 읽는 사람도, 잠을 자는 사람도 아니다. 더는 그럴 수 없다. 우리는 더 이상 꿈꾸는 자도, 떠나는 자도 아니다. 우린 자신의 내면에, 검은 목소리의 벽 안에 남아 있다. 이젠 책도, 책을 읽는 사람도 없다. 텅 빈 어둠 속에 단단히 갇힌 자기밖에 없다. 책장을 넘기긴 해도 책을 읽는 건 아니다. 무언지 알 수 없지만 그와는 다른 것이다. 확실히 다르다.

우리는 사랑을 하듯 책을 읽는다. 사랑에 빠지듯 책 속으로 들어간다. 희망을 품고, 조바심을 낸다. 단 하나의 몸 안에서 수면을 찾고, 단 하나의 문장 속에서 침묵에 가닿겠다는, 그런 욕구의 부추김을 받으며, 그런 욕구의 물리칠 수 없는 과오를 저지른다. 조바심을 내며, 희망을 품는다. 그러다 때로 무슨 일이 일어나기도 한다. 어둠 속에서 들리는 이 목소리처럼, 일체의 조바심을 몰아내고 일체의 희망에 딴죽을 거는 무언가다. 그것은 위로하려 하지 않고 마음을 진정시키며, 유혹하지 않고 황홀감을 준다. 자체 안에 자신의 종말과 죽음의 슬픔, 어둠을 품고 있는 무언가다. 스스로를 적나라하게 드러내는 그것에 귀 기울이는 자는 이제 자신이 피신할 데도, 의지할 데도 없다는 걸 알게 된다. 그는 자신에게서 해방되어 자신에게로 돌아간다. 목소리가 어두워질수록 우린 더 분명히 보게 된다. 목소리가 격해질수록 숨쉬기가 한결 쉬워진다. 우린 일체의 문학에서 벗어난다. 그리고 온전한 성스러움에 바싹 다가선다.

작가는 일체의 명징함을 제 손에 움켜쥔 자이지만, 성인(聖人)은 제 손에 일체의 어둠을 움켜쥔 자이다. 작가는 빛으로 잉크를 만들지만, 성인은 불순함을 가지고 더없이 순정한 무언가를 만든다. 어둠 속에서 들리는 이 목소리가 성인의 목소리는 아니다. 그건 분명한 사실이다. 그렇다고 작가의 목소리라고도 할 수 없다. 목소리는 그 둘 사이에서 방황한다. 땅과 하늘 사이, 책과 천사들 사이에 자리한, 우레 같은 검은 목소리다. 그 목소리는 어느 얼굴과 겹친다. 신문에 실린 사진을 통해 우리가 알고 있는 얼굴이다. 응시하는 눈빛의, 잘 다듬어진 얼굴. 요지부동인, 빽빽한 숲의 얼굴. 사진 속엔 허식을 부리지 않은, 맵시 있는 복장을 한 남자가 있다. 흰 셔츠와 넥타이. 검은 목소리 뒤에 가려진, 예의 바른, 다시 말해 상투적인 한 사람. 하지만 거기 있는 이름과 넥타이, 얼굴은 우리를 미혹에 빠뜨리는 일종의 속임수다.

목소리가 책에서 책으로, 한 해 또 한 해 이어진다. 늘 그렇듯 흐름을 조금도 잃지 않은 채. 달빛 같은 그 목소리 밑으로 검은 물이 흐른다. 늑대처럼 울부짖는 그 목소리 밑에 창백한 땅이 누워 있다. 다작(多作)이다. 변함이 없다. 잉크의 추력으로, 말(言)들의 압력으로, 심장이 터

질 것 같다. 책을 읽는 순간, 섬광처럼 목소리가 들려오는 순간, 삼십 층 되는 심장이 무너져 내린다. 이 목소리는 무어라 말하는가. 제정신으로 말하는 건 하나도 없다. 온갖 오염과 상처의 중심에서 목소리는 대번 광기에, 속수무책의 광기에 든다. 명징한 무질서 속에, 턱없이 밝은 빛 속에 든다. 치유 받을 길 없는 무궁무진한 목소리이다. 이 목소리는 말을 하고, 깨우침을 준다. 말을 하고, 치유한다. 우리가 지닌 온갖 찌꺼기와 쓰레기, 착란 증세를 자신 안에 그러모은다. 병원과 감옥과 학교와 공장을. 질병과 영예와 어리석은 짓거리를. 가난한 자와 부자의 광기를. 실성의 광기와 실성하지 않는 광기를. 정신이 말짱한 사람이란 자신의 광기를 검은 피의 호주머니 속에 — 뇌와 두개골 사이, 가정과 직장 사이에 — 넣어둔 광인에 지나지 않는다. 한 번도 앓아본 적이 없기에 결코 치유될수도 없는, 난폭한 광인이다. 광인이란, 자신의 광기를 더 이상 주체하지 못하고 단번에 이 광기의 물을 쏟아내는, 정신이 말짱한 사람이다. 이 사람은 파탄이 나고 만다. 언어의 고역이나 우스꽝스러운 노동 등, 오로지 자신을 근거로 삼는 일들을 단념해버린다. 세상 전부를 포기한다. 광인은 무대 뒤로 사라지는 사람이다. 그런데 어둠속에서 이 목소리는 아직 무대 위에 남아 있는 사람들에게 말을 건넨다. 그렇게 목소리는 말을 한다. 당신의 지성과 당신의 봄, 당신의 믿음이라는 게 대체 무언지. 당신의 원칙, 당신의 보물창고, 당신의 객설이라는 게 무언지. 당신의 건강 이면엔 폐허가 널려 있다는 걸, 당신의 부부생활 이면에 얼마나 끔찍한 증오심이 도사리고 있는지를, 목소리가 말해준다. 당신이 축적한 재산 이면엔 수다한 살해가 숨어 있다는 것도. 우리는 생각한다. 그건 불가피한 일이라고, 이 목소리는 과장하고 있다고, 이런 작가들은 도가 좀 지나치다고. 하지만 아니다. 이 목소리는 결코 과장하고 있지 않다. 너무 높지도 크지도 않은 목소리다. 적확한 목소리다. 사회생활의 위악에 젖기 이전의 나이와 어둠이 깔리기 이전의 시각처럼, 넘치지도 모자라지도 않는, 유년을 닮은 적확한 목소리. 숭고한 이 분노는 파괴를 목적으로 삼지 않는다. 살기 위한, 단지 살기 위한 분노이다. 이 목소리가 세상만사를 엉망으로 만들고 머릿속 모든 걸 분쇄해버린다 해도, 그건 어머니의 인내심에 기대는 어린아이의 행동에 견줄 만하다. 어머니가 거기 있다는 걸, 질긴 인내심과 사랑으로 자리를 지키며 그러기 위해 어떤 시련도 불사한다는 걸 확인하려는 행동. 오물 따위의 세상 시련도, 피로 따위의 정신적 시련도, 어머니는 불사할 테니 말이다.

그런데 이번만은 이 목소리가 환히 빛난다. 이번만은

어둠이 불타오른다. 한마디 말이 발해진 시간이다. 완벽한 정복을 꿈꾸는 이 사람도 — 모두가 우리를 정복하려 들기에, 모두에 맞서 우린 부단한 투쟁을 벌이고 있기에, 그런 우리에겐 승리 아니면 패배라는 출구밖에 없기에, 완전하고도 절대적인 승리 아니면 패배 뿐이기에 — 이번만은, 그렇다, 완벽한 승리를 꿈꾸는 이 사람도 이번만은 자신보다 월등한 존재 앞에서 패배를 자인한다. 이번만은 단 한마디이다. 그의 책에 나오는 말이 아니다. 그의 책을 아무리 읽어도 나오지 않는 말이다. 바로 신문 속 사진 아래 실린 말. 스물네 시간이라는, 일간지의 운명을 함께하는 말이다. 그 말이 이제 칠 년째 당신 안에 머문다. 한 음식점에서 작가를 인터뷰하는 기자를 마주하고 테이블 너머로 발해진 말이다.

그 작가의 책을 읽지도 않았음이 분명한 기자가 이런저런 질문을 한다. 문학의 미래와 달러화 시세, 전자공학, 혹은 교부들에 관하여, 하나 마나 한 질문들을 늘어놓는다. 검은 목소리의 남자는 이 모든 질문에 하나 마나 한 답변으로 꼬박꼬박 응한다. 각각의 질문을 무효화하는, 체계적인 답변이다. 결국 기자도 지치고 만다. 시장기를 느끼는지도 모른다. 집으로 돌아가야 할 시각이다. 아니면 유쾌하고 낙관적인 말은 하나도 할 줄 모르는 이

머저리 같은 작자 앞에서 대체 뭐 하는 짓인지, 기자는 회의가 들기 시작한다. 어쩌면 자신이 멍청하게 여겨져 견딜 수 없게 된 건지도. 자, 이쯤에서 멈추고 마지막 질문을 하죠. 그리고 인터뷰를 마치겠습니다. 기자와 작가 사이엔 대리석 테이블이 놓여 있다. 테이블엔 와인 두 잔이 놓여 있고, 앞서 제기된 피폐해진 질문들이 온통 널브러져 있다. 지친 기자는 별생각 없이, 답변을 기대하지도 않고, 마지막 질문을 던진다. 당장에라도 한 호주머니엔 만년필을, 다른 호주머니엔 수첩을 챙길 채비를 하면서. 엄청난 사랑이, 열정이 찾아온다면 어떻게 하겠습니까? 그러자 갑자기 상대방의 목소리가 낮게 가라앉는다. 그건, 막을 수 없겠죠. 그 앞에선 완전히 속수무책일 겁니다. 사랑은 우리보다 훨씬 강하니까요, 세상 무엇보다 훨씬 더. 그렇게 말한 뒤 그는 입을 다문다. 기자도 입을 다문다. 두 사람을 둘러싼 모든 게 덩달아 입을 다문다. 한마디 말이 발해진 시간, 기만을 떨쳐버린 휴식의 한순간, 거짓을 던져버린 영원의 한순간이다.

작은 파티 드레스

Une petite robe de fête

우리 안엔 아무것도 없다. 아무도 없다. 색깔도 형태도 없는 기다림이 있을 뿐. 무언가를 기다리는 것이 아니다. 이 기다림은 공기와 공기가 섞이듯 우리 안에 존재한다. 그 무엇과도 닮지 않은, 지루함의 절정이라고나 할 수 있는 기다림. 이 기다림이 그곳에 항시 존재했던 건 아니다. 우리가 항시 무(無)였던 것도, 그 누구도 아닌 사람이었던 것도 아니다. 유년기의 우리는 전부였고, 신(神)은 우리 영역의 미미한 일부에 불과했었다. 풀밭 속의 풀잎 같은 존재라고나 할까.

유년기가 끝나면서 기다림이 시작되었다. 우리 자신이 죽은 이후로 우리는 기다리기 시작했다.

유년기를 벗어난 우리는 몇 발 떼다 곧 멈춰 선다. 모래 위로 나온 물고기 같다. 성년이 된 우리는 죽음 속을 제자리걸음 하는 사람 같다. 우린 기다린다. 기다림이 스스로 굴할 때까지. 기다리거나 잠을 자거나 죽는 것이 매한가지일 때까지, 우린 기다린다. 사랑은 이 지점에서 시작된다. 사막을 배경으로. 처음엔 보이지 않고 그 얼굴도 알아보기 힘들다. 처음엔 아무것도 보이지 않는다. 그저 나아가는 모습이 보일 뿐이다. 사랑은 자신을 향해, 스스로의 완성을 향해 나아간다.

그렇게 당신이 여름의 흙먼지 속을 나아가는 모습을 나는 보았다. 새하얀 드레스 차림의, 너무도 경쾌한 걸음이었다.

사랑하는 이가 알몸으로 걸어가는 모습이 보인다. 그녀는 흰 드레스를 입었다. 예전에 성당 입구와 무도회장에서 일요일이면 활짝 피어나곤 했던 그녀들처럼. 그래도 그녀는 샛별처럼, 알몸이다. 당신을 보는 순간, 내 눈안에 빈터가 열렸다. 푸른 하늘처럼 눈부신, 그 하얀 드레스를 보는 순간.

단순한 시선과 더불어 순수한 힘이 되돌아온다.

내 고독의 물방앗간에 당신은 새벽처럼 들어와 불길처럼 나아갔다. 당신은 내 영혼 속에 범람하는 강물처럼 들어왔고, 당신의 웃음이 내 영토를 흠뻑 적셨다. 내 안으로 돌아오면 아무것도 보이지 않고 암흑천지에 큰 태양 하나가 돌고 있었다. 만물이 죽은 땅에 옹달샘 하나가 춤추고 있었다. 그토록 가녀린 여자가 그렇게나 큰 자리를 차지하다니, 놀라운 일이었다.

사랑 밖에서는 아무것도 알 수 없다. 사랑 안에는 알 수 없는 것들뿐이다.

나는 당신을 알아보았다. 당신은 봄 깊숙한 곳에, 정녕 시들지 않는 꿈의 이파리들 속에 잠들어 있는 여자였다. 난 당신을 이미 오래전부터 예감했었다. 산책을 하며 맛보는 상쾌한 기운 속에서, 좋은 책이 지닌 고귀한 분위기 속에서, 깨지기 쉬운 침묵 속에서. 당신은 근사한 것들에 대한 소망이었다. 당신은 하루하루가 선사하는 아름다움이었다. 그 구겨진 드레스에서 흔들리는 웃음에 이르기까지, 당신은 생명 자체였다.

당신은 죽음보다 해로운 지혜를 내게서 지워버렸다. 당신은 내게 진정한 건강인 열병을 가져다주었다.

시간이 흘렀다. 세월이 불타버린 문턱엔 재 한 줌 남

지 않았다. 우린 태초의 해맑은 나뭇잎들 곁에 그대로 남아 있다. 당신은 그 작은 파티 드레스를 한 번도 벗지 않았다는 듯이, 나는 거기서 만물의 순진성을, 이 땅 위에 실현된 어느 성탄의 기적을 끊임없이 예감했다는 듯이. 사랑은 언제나 우리의 얼굴에서 어둠을 걷어내고 순결한 아이의 얼굴을 되돌려준다. 시간은 아무것도 아니라는 듯이. 사랑이 전부라는 듯이.

당신은 내 가슴속에서 폴짝거리며 뛰어다니는 한 마리 참새 같았다. 키 큰 나무들이 어쩌는지 나는 배우고 있었다. 가지가 조금만 벌어져도 당신은 당신 안의 하늘까지, 접근 불가능한 그곳까지 날아올랐다.

그런 다음 당신은 떠나버렸다. 배신을 한 건 아니었다. 당신 안에 나 있는, 굴곡이 단순한 같은 길을 따라간 것일 뿐. 당신은 눈처럼 하얀 작은 드레스도 가지고 가버렸다. 이 드레스는 더 이상 내 삶에서 춤추지 않았고 내 꿈속에서 맴돌지도 않았다. 내가 잠을 청하며 눈을 감은 순간 눈꺼풀 밑에서 펄럭였을 뿐. 눈과 세상 사이, 바로 그곳에서. 세월의 바람을 맞으며 열에 들떠 펄럭였다. 비애의 뇌우가 그것을 가슴 위로 내리쳤다. 금 간 유리창 위로 내려지는 덧문처럼.

부재를 경험하지 않은 사람은 사랑에 대해 아무것도 모른다. 부재를 경험한 사람은 자신이 무(無)임을 자각한다. 임박한 죽음 앞에서 몸을 떠는 짐승의 막연한 자각이다.

죽음 속으로 난 길은 갑자기 좁아져 지나가려면 모든 걸 내버리지 않으면 안 된다. 사랑은 우리의 소유물을 사방에 흩뿌리며 우리가 이 종말에 대비하게끔 한다. 마당을 적시고 지나가는 한 차례 빗줄기 같다. 우리 안엔 더없이 생생한 고독이 남는다. 조용한 자각이다. 유년기가 저무는 여름 끝 무렵의, 부드러운 한 줄기 빛이다.

당신이 내 고독의 원인은 아니다. 고독은 당신보다 훨씬 앞서 내 안에서 잠자고 있었다. 당신은, 그것을 깨어나게 한 당신은, 그 고독을 가장 닮은 여자일 뿐.

사랑이 끝나는 순간 세 동방박사가 모습을 드러낸다. 우수와 침묵과 기쁨. 그들이 푸른 대기 속을 천천히 나아간다. 어둠의 왕관과 황금 눈물을 가지고서. 유년기에서 걸어 나온 이들이다. 그들은 영혼 속으로 침투해 들어간다. 천천히. 날마다 조금씩. 우수와 침묵과 기쁨. 언제나 같은 순서다. 침묵이 한복판에, 중심에 있다.

침묵의 회고 작은 드레스.

책과 사랑에 빠지는 아홉 편의 글

이창실 역자

『작은 파티 드레스』는 짧은 서문과 잇따르는 아홉 편의 텍스트를 모아 엮은 산문집이다. 그런데 좀 특이한 산문이어서, 독자는 저자(혹은 책의 화자)가 '당신'이라 부르는 한 사람의 생각의 동선을 따라가도록 되어 있다. 그래서 이야기를 하는 이가 책의 저자인지, '당신'으로 지칭되는 그 사람인지, 아니면 이 책을 읽는 독자인 '나'인지 어느 순간 경계가 모호해져 있음을 느낀다. 외부의 소음과 사건들에 정신이 붙들려 있는 상태라면 발을 들이기가 쉽지만은 않은 책. 멈춰 서서 매 문장의 숨결과 향기, 떨림에 몸을 맡겨야 하는, 잦은 숨 고르기가 필요한 책이다.

일상의 삶 속을 오락가락하는 한 사람이 있다. 우리는 그의 하루 중 어느 정지된 순간에 함께하며 그의 사고의 흐름에 동참한다. 그는 작고 한적한 어느 도시 외곽에 사는 사람이다. 아이들을 돌보거나 누군가의 원고를 받기도 하며, 백화점에 들르거나 소녀의 승마 연습을 지켜보거나 역에서 기차를 기다리기도 하는 사람인데, 그 모두로부터 그는 왠지 한 발짝 물러서 있다는 느낌을 전해준다. 무엇보다 그는 독서하는 사람인데, 그의 독서는 12세기(크레티앵 드 트루아)에서 17세기(라신)로, 20세기(파스테르나크)로, 그리고 성서로 이어진다. 책의 서문에서 읽을 수 있듯 실제로 매 텍스트는 독서와 글쓰기에 대한 명상을 포함하며, 텍스트들을 관통하며 하나로 이어주는 주제 역시 '책'이다. 글을 쓰는 사람과 읽는 사람의 행위로 완성되는 책.

책을 읽지 않는 삶은 "우리를 잠시도 놓아주지 않는 삶"이며, "신문에 나오는 이야기들처럼 온갖 잡다한 것들의 축적으로 질식할 듯한 삶"이다. 실제로 속도를 늦추고 시간을 들일 때에만 가능한 '독서'는 우리가 자신의 울타리를 벗어나 다른 세계를 엿보게끔 기회를 제공하는데, 타인을 지향하는 이 행위는 사랑의 경험과도 맞닿아 있다. 피로와 지속적인 분망함 속에서는 가능하지 않은 경험이기 때문이다.

그렇다면 '글쓰기'란 무엇일까? 보뱅은 "글을 쓰기 위해선 '가난한 삶'만 있으면 된다"고 말한다. "너무 가난해 아무도 원치 않는 삶." 그러고 나서 그는 "타자를 지향하는 글이 아니라면 흥미로운 글일 수 없다"라고 단호히 못 박는다. 황금도 잉크도 박탈당한 사람들, 바로 그들을 위해 글을 쓰는 거라고, 그들은 결코 읽지 않을 한 권의 책을 그들에게 바치기 위해서라고. 요컨대 글쓰기의 재료도, 글쓰기가 지향하는 대상도 '가난한 삶'이다.

보뱅의 모든 글쓰기의 어김없는 소재인 이 '가난한 삶'이란 뭘까? 왁자지껄한 소음과 풍문들로 길을 잃은 삶과는 반대되는 삶. 쉴 새 없이 달리느라 피로에 절어 삶이 부족한 삶이 아닌, 거추장스러운 것들을 벗어던지고 손에 쥐고 있는 것들을 내려놓은 헐벗은 삶. 사회생활의 위악에 젖기 이전의 유년기를 닮은 삶. 세계의 자연스러운 상태인 발작상태에, 세상에 유용한 존재가 되고자 하는 끊임없는 염려에 등을 돌린 삶. 다시 말해 무용한 삶, 날 것인 삶...... 독서 역시 이런 무용성에 가담한다. 사랑처럼, 놀이처럼, 기도처럼, 독서 역시 무용한 행위이기 때문이다.

보뱅의 글을 읽다 보면 때로 어떤 문장이 섬광처럼, 기적처럼 마음을 건드리고 가는 걸 경험하게 된다. 이어지는 낱말과 낱말이 서로 화답하거나 충돌하며 반짝이는 이미지들의 소용돌이 속으로 독자를 데려간다. 그러는 가운데 낯설지 않은 얼굴들이 문득문득 떠오르고, 우리는 그 얼굴들에서 전해져오는 사랑과 서글픔, 멜랑콜리에 합류한다. 특히 여성과 아이들을 향한 작가의 특별한 공감을 느낄 수 있다……

그러나 그림 같기도, 아름다운 풍경 같기도 한 그의 글이 결코 마음의 진정과 휴식을 허락하지 않는 건 왜일까? 보뱅은 우리의 의견이나 확신을 끊임없이 뒤흔들어놓으며, 어느 문장에 이르러서는 독자를 혼란에 빠트리곤 한다. 그의 말들은 우리를 불러 세우며 우리에게 호소해올 뿐, 무슨 대답을 주지 않는다. 작은 비눗방울처럼 가볍고 영롱한 터치의 글이건만 그리 읽기 편하지만은 않은 건, 난폭하다고는 할 수 없는 어떤 요청이 감지되기 때문이 아닐까?

책의 제목인 『작은 파티 드레스』(une petite robe de fête)에서 파티(fête)는 축제, 잔치라는 말로도 바꿀 수 있는데, 이 축제의 이미지는 일곱 번째 텍스트의 '거리로 내려오는 사람들'을 생각나게 한다. 하던 일을 멈추고 거리로 내려와 기약 없는 삶, 은총의 삶, 하느님, 즉 불가지의 것들과 합류하는 사람들. 그들이 입고 있을 법한 축제의 옷은 아홉 번째 텍스트에서 '그녀'가 입은 흰옷이기도 하다. 책의 제목과 동일한 제목을 지닌 이 마지막 텍스트에는 "사랑 밖에서는 아무것도 알 수 없고, 사랑 안에는 알 수 없는 것들뿐"이라고 씌어 있다. 사랑하는 이에게 바치는 한 편의 장시(長詩)처럼 읽히는 글이다.

도무지 출구가 없어 보이는 인터뷰에서 어느 작가가 던진 최종적인 한마디, 침묵으로 이어지는 한마디 역시 '사랑'이다.

책, 독서, 글쓰기라는 화두에서 시작해 사랑의 시로 마무리되는 책.

옮긴이 **이창실**

이화여자대학교 영어영문학과를 졸업하고, 프랑스 스트라스부르대학 응용언어학 과정을 이수한 뒤, 이화여자대학교 통번역대학원 한불과를 졸업했다. 이스마일 카다레와 실비 제르맹의 소설들을 비롯해, 크리스티앙 보뱅의 『작은 파티 드레스』『흰옷을 입은 여인』 등을 우리말로 옮겼다.

작은 파티 드레스 UNE PETITE ROBE DE FÊTE

1판 1쇄 2021년 3월 25일
2판 2쇄 2025년 1월 15일

지은이 크리스티앙 보뱅
역자 이창실
펴낸이 신승엽
펴낸곳 1984BOOKS

편집 신승엽 · 북디자인 신승엽

주소 전북 익산시 창인동 1가 115-12
전자우편 1984books.on@gmail.com
전화 010.3099.5973 · 팩스 0303.3447.5973
인스타그램 @livingin1984 · 페이스북 /1984books

ISBN 979-11-90533-48-5 03860

잘못된 책은 구입하신 서점에서 교환해 드립니다.

1984BOOKS